加速世界

11 絕硬之狼

川原 礫

插畫 / HIMA

「如果這是圈套，我會宰了在場的每一個人。」
黑雪公主
控制「黑之王」Black Lotus的
梅鄉國中學生會副會長。
「這是為了證明我的清白。」
『——首先，我要感謝妳接受我們唐突的請求，『Argon Array』。』
「Blue Knight」
「獅子座流星雨」團長，
在「七王會議」中
擔任議長。
春雪
國中校內地位金字塔最底端的少年。
是黑雪公主所率領的
新生「黑暗星雲」團員，
對戰虛擬角色是「Silver Crow」。

「Iron Pound」
綠色軍團「長城」
旗下的超頻連線者，
曾與Silver Crow以拳交心。
「加速世界曾經出現過的
傳說特殊能力……『理論鏡面』。」
「不過話又說回來，
好久沒有看到這樣的景象啦。」
「Argon Array」
負責分析「災禍之鎧」
是否已淨化完畢的虛擬角色。

「你嘴上這麼說，其實戀足癖已經發作了吧～？嗯～？」
仁子
擔任紅色軍團「日珥」團長的小學生。
對戰虛擬角色是「Scarlet Rain」。

【UI＞我明白了，
那就到我家去吧。
可能會拖得有點晚，
學長最好先給家裡留個訊息。】
四埜宮謠
黑色軍團「黑暗星雲」
旗下的對戰虛擬角色。
時常引導春雪向上的
國小四年級生。
對戰虛擬角色是
「Ardor Maiden」

「接下來我不會躲躲藏藏了。
就用格鬥戰分個高下吧。」

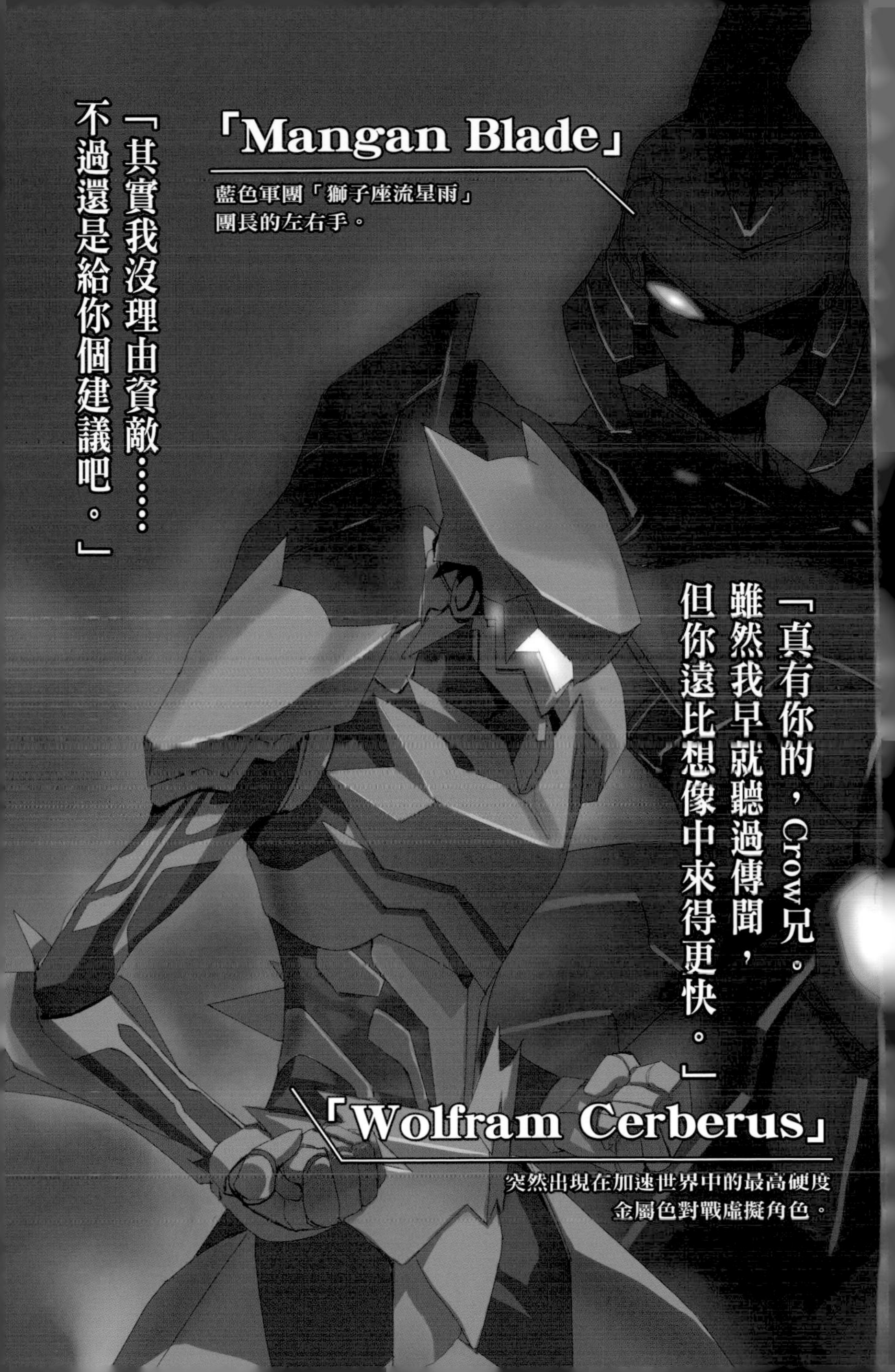
「Mangan Blade」
藍色軍團「獅子座流星雨」
團長的左右手。
「其實我沒理由資敵……
不過還是給你個建議吧。」
「真有你的，Crow兄。
雖然我早就聽過傳聞，
但你遠比想像中來得更快。」
「Wolfram Cerberus」
突然出現在加速世界中的最高硬度
金屬色對戰虛擬角色。

各軍團虛擬角色名單
（括弧內為玩家名）

【「黑色軍團」黑暗星雲】
軍團長／Black Lotus（黑雪公主）

「四元素」
風／Sky Raker（倉崎楓子）
火／Ardor Maiden（四埜宮謠）
水／Aqua Current ※目前離團。
土／Graphite Edge ※目前離團。

Silver Crow（有田春雪）
Lime Bell（倉嶋千百合）
Cyan Pile（黛拓武）

【「紅色軍團」日珥】
軍團長／Scarlet Rain（上月由仁子）
副軍團長／Blood Leopard

Red Rider ※現已退出加速世界
Cherry Rook ※現已退出加速世界

【「藍色軍團」獅子座流星雨】
軍團長／Blue Knight

「幹部」
Cobalt Blade
Mangan Blade

Frost Horn
Tourmaline Shell

【「黃色軍團」宇宙秘境馬戲團】
軍團長／Yellow Radio

【「綠色軍團」長城】
軍團長／Green Grandee

「六層裝甲」
第三席／Iron Pound

Ash Roller（日下部綸）
Bush Utan
Olive Glove

【「紫色軍團」極光環帶】
軍團長／Purple Thorn

「親信」
Aster Vine

Crimson Kingbolt ※目前離團。

【「白色軍團」震盪宇宙】
軍團長／???

「全權代理團長」
Ivory Tower

【加速研究社】
Black Vise
Rust Jigsaw
Dust Taker（能美征二）
※現已退出加速世界
Sulfur Pot

【其他】
Nickel Doll
Sand Duct

賽程安排人

Chrome Falcon
Saffron Blossom

Azure Heir

Magenta Scissor
Cocoa Cracker

Lagoon Dolphin（安里琉花）
Coral Merrow（糸洲真魚）

Aluminum Valkyrie（千明千品）
Orange Raptor（祝優子）
Violet Dancer（来摩胡桃）

Zircon Paladin

加速世界

Accel World

11 絕硬之狼

川原 礫
插畫 / HIMA

Kadokawa Fantastic Novels

■黑雪公主＝梅鄉國中的學生會副會長，是個清純又聰慧的千金小姐，真實身分無人知曉。校內虛擬角色為自創程式「黑鳳蝶」，對戰虛擬角色為「黑之王」＝「Black Lotus」（等級９）。
■春雪＝有田春雪。梅鄉國中二年級生，體型略胖，遭人霸凌。對遊戲很拿手，但個性內向。校內虛擬角色為「粉紅豬」，對戰虛擬角色為「Silver Crow」（等級５）。
■千百合＝倉嶋千百合。跟春雪從小就認識，是個愛管閒事又活力充沛的少女。校內虛擬角色為「銀色的貓」，對戰虛擬角色為「Lime Bell」（等級４）。
■拓武＝黛拓武。跟春雪及千百合從小就認識，擅長劍道，對戰虛擬角色為「Cyan Pile」（等級５）。
■楓子＝倉崎楓子，曾參加上一代「黑暗星雲」的資深超頻連線者。因故過著隱士般的生活，但在黑雪公主與春雪的勸說下回歸戰線。曾傳授春雪「心念」系統。對戰虛擬角色是「Sky Raker」（等級８）。
■謠謠＝四埜宮謠。參加上一代「黑暗星雲」的超頻連線者。名列「四大元素(Elements)」之一，是松乃木學園國小部四年級生。不但能運用高階解咒指令「淨化」，還很擅長遠程攻擊。對戰虛擬角色為「Ardor Maiden」（等級７）。

■神經連結裝置＝以量子無線方式與大腦連線，透過影像與聲音等方式，對所有感官都能提供訊息的攜帶型終端機。
■BRAIN BURST＝黑雪公主傳給春雪的神經連結裝置內應用程式。
■對戰虛擬角色＝玩家在BRAIN BURST內進行對戰之際所控制的虛擬角色。
■軍團＝Legion。由多名對戰虛擬角色組成的集團，以擴張佔領區域及確保利權為目的。主要軍團共有七個，分別由「純色七王」擔任軍團長。
■正常對戰空間＝指進行BRAIN BURST正規對戰（一對一格鬥）用的場地。儘管有著直逼現實的高規格重現度，但遊戲系統則與上個世代的格鬥遊戲相差無幾。
■無限制中立空間＝只允許４級以上對戰虛擬角色進入的高等級玩家用場地。其中的遊戲系統規模遠超出「正常對戰空間」之上，自由度比起次世代ＶＲＭＭＯ遊戲也毫不遜色。

■運動指令體系＝用以控制虛擬角色的系統，正常情形下對於虛擬角色的控制都由這個系統處理。
■想像控制體系＝透過堅定想像意念（Image）來控制虛擬角色的系統。運作機制與正常的「運動指令體系」大不相同，只有極少數人懂得如何運用，是「心念」系統的精要。
■心念（Incarnate）系統＝干涉BRAIN BURST的想像控制體系，引發超越遊戲格局之現象的技術。又稱做「現象覆寫（Overwrite）」。

■加速研究社＝神秘的超頻連線者集團。不把「BRAIN BURST」當成單純的對戰遊戲而另有圖謀。「Black Vise」與「Rust Jigsaw」等人都是這個社團的成員。
■災禍之鎧＝名喚Chrome Disaster的強化外裝。一旦裝備上去，就可以使用吸取目標ＨＰ的「體力吸收」與透過事前運算來閃避敵方攻擊的「未來預測」等強力技能，但鎧甲擁有者的精神會遭到Chrome Disaster污染，進而完全受到支配。
■Star Caster＝Chrome Disaster所拿的大劍，有著兇惡的造型，但原本的外形可說名副其實，是一把意象莊嚴，有如星星般閃閃發光的名劍。

■ＩＳＳ套件＝ＩＳ模式練習用（Incarnate System Study）套件的縮寫。只要用了這種套件，任何超頻連線者都能夠運用「心念系統」。使用中會有紅色的「眼睛」附在虛擬角色的特定部位上，散發出來的黑色鬥氣就是象徵「心念」的「過剩光(Over Ray)」。

■「七神器」(Seven Arcs)＝指「加速世界」中七件最強的強化外裝。包括大劍「The Impulse」、錫杖「The Tempest」、大盾「The Strife」、形狀不詳的「The Luminary」、直刀「The Infinity」、全身鎧「The Destiny」與形狀不詳的「The Fluctuating Light」

■「心傷殼」＝包覆對戰虛擬角色根源所在之「幼年期精神創傷」的外殼。據說若外殼格外堅固厚重，安裝BRAIN BURST後便會塑造出金屬色的對戰虛擬角色。

Accel World

才走過大型超市的自動門，視野下方便出現了小小的進度條。

這個進度條造型雖單純，卻有一隻黑色蝴蝶停在從左往右跑的進度條前端。隨著處理率接近百分之百，蝴蝶也開始頻頻拍動翅膀。整個處理程序結束後，進度條消失，蝴蝶無聲無息地飛起。少年反射性地伸出右手去抓，蝴蝶卻輕巧地從指縫間穿過，用一種與真正蝴蝶如出一轍的動作一路飛到超市的天花板附近，隨即彷彿溶解在空氣中似的消失無蹤。

「……小幸還是老樣子，做出來的ＡＰＰ那麼講究。」

聽到並肩站在右邊的人這麼一說，少年使將視線轉了過去。

站在那兒的，是一名穿著短袖上衣與百褶裙制服的女性。她一頭柔軟的栗子色長髮在空調的微風下輕輕舞動，修長的雙腿套著清涼的淡藍色過膝襪，左手還提著稍大的托特包。

微笑始終不絕於那張眉目柔和的臉上，但這笑容卻會隨著狀況而彈性改變，必要時甚至可以變得比尋常的怒容可怕十倍以上。不過，現在她臉上僅僅掛著單純的微微苦笑，另外灑了滿滿對於「小幸」的親愛之情點綴。

有田春雪露出大大的笑容表達自己有同感，接著回答倉崎楓子說：

「學姊設計的ＡＰＰ全都有那種蝴蝶，每次處理結束時蝴蝶就會飛走。如果這個時候動作超級快外加手法頂級輕柔，就能抓住蝴蝶。」

「……抓到蝴蝶會怎麼樣？」

「抓到一隻可以得到1點。」

春雪的回答讓楓子更加納悶。

「……得到點數又會怎麼樣？」

「學姊說得到一千點就會發生某種現象，但是目前要保密。」

「…………也太講究了…………」

楓子傻眼地咕噥一聲，隨即雙手一拍說道：

「好了，鴉同學，我們趕快把東西買一買吧。那群餓餓的孩子們在樓上等著呢。」

「好、好的。」

春雪點點頭，舉起右手手指，碰了碰顯示在先前進度條所在位置的執行鈕。緊接著虛擬桌面右側便顯示出超市地下一樓食品賣場的平面圖，以及約十行的「購物備忘錄」。

地圖上以細線標出行進路線，並以閃爍的亮點標出了目標商品所在的貨架，於是兩人依照指示先前往生鮮食品區。一接近某個貨架，地圖右側的備忘錄第一行立刻改以高亮度顯示，上面寫的【馬鈴薯五個（May Queen品種）￥198】就在眼前的架上堆得滿坑滿谷。他們拿起其中一袋，檢查過沒有發芽或裂痕後，這才按下顯示在視野中的購買按鈕。

喀啷一聲音效響起，儲值在神經連結裝置當中的電子貨幣中便扣除了一百九十八圓。楓子拉開托特包迎來，春雪則把馬鈴薯放進去，購物備忘錄的第一行隨即變淡。

這時春雪才注意到一件事，趕緊說：

「啊，我、我來提吧！」

「喔，這樣啊？那東西就由我來買囉。」

春雪從楓子手上接過重了五百公克的包包，走到少女背後，接著前往顯示在地圖上的下一個點。備忘錄第二行寫著【洋蔥兩個　￥98】。

這個與店內地圖做了連結的購物備忘錄，就是黑雪公主自力製作的APP「購物最佳化小幫手Ver.2.0」。具體功能是連上商店的區域網路，取得想買的物品位置與價格資訊，顯示在地圖上。這個程式的使用範圍當然不限於超市，即使是占地寬廣的傢俱中心或各式包裝排得密密麻麻的藥局，都可以讓人不用來來去去地尋找產品。

如果只是查詢貨品陳列位置，店內的區域網路也能提供同樣功能，但它們幾乎都不能和購物清單APP連結──因為一旦提供這樣的服務，顧客會於採購原本預計要買的東西後立刻離開，也就不會在店內閒晃而多買其他東西。黑雪公主設計的這款購物APP，最厲害之處就在於能輕易地跟理應會拒絕這類連線要求的店內區域網路相通，春雪出於恐懼而不敢細問這當中的運作機制。

經過抽籤分配後，由楓子與春雪出任採買部隊。在APP的指引下，兩人在傍晚擁擠的超市中高速移動，總共只用了大約四分鐘就買完了包括備忘錄最後一行的【超絕熟成咖哩塊／甜味 ￥278】等十一項貨品。由於付款已經透過店內網路完成，所以他們直接穿過大排長龍的結帳區，走出了超市。

楓子沿著購物中心的中央通道朝電梯走去，再次發出摻雜苦笑的感想：

「這個購物APP我還是第一次用……不過設計真的很有小幸那種急性子的風格呢。」

「啊、啊哈哈……學姊說從第三版起，會連付款也變得能自動進行。」

聽春雪這麼說，楓子眼珠子轉了一圈。

「那麼，到時候就可以在店裡邊跑邊把要的東西全丟進包包裡，接著就這麼跑出來？我敢賭10點超頻點數，一定會在出口被警衛攔下來。」

「……說、說的也是。」

春雪想起黑雪公主曾委託他「等版本更新，要請你幫忙測試」，不由得臉色發白。此時通往居住棟的電梯正好開了門，於是他趕緊跑了過去。

1

二〇四七年六月二十四日，星期一，下午六點二十分。

蓋在杉並區高圓寺北部的住商混合高層大廈B棟二十三樓，有田家的客廳裡，春雪最重視的一群好伙伴——也就是「黑暗星雲」軍團的團員——全都到齊了。

六人座的餐桌旁，最靠裡的上座是軍團長黑雪公主；靠廚房的兩張椅子坐著參謀黛拓武與開心果倉嶋千百合；靠陽台的一邊則坐著軍團的良心兼吉祥物四埜宮謠與（儘管他自己也不願意）麻煩製造機春雪；而在黑雪公主的正對面，則坐著副軍團長倉崎楓子。

正好就在一週前的星期一，春雪認識了第六名團員謠，此後這個座次也就自然而然地成了慣例。然而，今天黑雪公主與楓子身旁，卻分別多準備了一張椅子，餐桌上的盤子也是八個，而不是本來的六個。

已經跳到保溫模式的電子鍋飄散出米飯的甜香，電磁爐上的大鍋也散發出強烈得堪稱暴力的香料芬芳。春雪是不用說了，連其他五人也一臉飽受折磨的表情，談話有一句沒一句。

「……我……頂不住了……」

春雪昏頭轉向地這麼一說，身旁的謠隨即無力地動了動十根手指。

【ＵＩ＞要忍耐，鴉鴉。這也是鍛鍊精神力的訓練Ｓｙ】

儘管謠表情堅毅，但這難得一見的錯字，顯示出她也快要忍不住了；坐在正對面的千百合翻白眼瞪著白色的盤子，拓武則一直擦著眼鏡鏡片，一旁楓子嘴角的微笑也愈來愈可怕。在這樣的情勢下，黑雪公主卻閉著眼睛一動也不動，表現出軍團長的風範——

「………太慢了！」

但這只是假象，她在餐桌上輕輕一拍，大聲喊道：

「已經遲到三分三十秒了！要是在加速世界，已經晚了五十八小時啊！」

「說得精確一點，是五十八小時二十分鐘。」

楓子笑嘻嘻地補上一句。春雪似乎能看見她們兩人背上冒出火焰般的鬥氣，忍不住照平時的習性幫忙緩頰：

「學、學姊就別生氣了，師父也是。怎怎怎麼說呢？畢竟大家都說咖哩放愈久愈好吃。」

「喔？那就把你的份放個夠吧？放個三天試試看。」

「難得有這個機會，我們就試著超越極限，放個一週吧。」

「這、這樣會超越另外一種極限啦！」

就在春雪慌慌張張亂揮雙手的瞬間，所有人的聽覺都接收到了期待已久的音效。叮咚兩響門鈴聲尚未結束，春雪的右手已經快如閃電地劃過，按下視野中顯示的來客視窗開鎖按鈕。

「歡、歡迎！我會去電梯前面等，妳們直接上二十三樓來！」

接著春雪就以幾乎要從椅子上跌下來似的勢頭衝向玄關，背後的五人也站了起來。黑雪公主右手一揮，迅速指揮眾人：

「千百合去盛飯！拓武跟楓子把沙拉從冰箱拿出來！謠謠去把咖哩重新加熱！麥茶交給我來準備！」

春雪將人領到客廳後，訪客說出的第一句話是——

「哇，好香喔！我肚子都餓扁了啦！」

黑暗星雲的眾人投來充滿殺氣的視線，這位來賓卻絲毫不為所動。她只是抬頭看著春雪，以天真的笑容說下去：

「大哥哥，我要坐哪邊才好？」

春雪趕緊推著那裹了火紅T恤的雙肩，讓她在黑雪公主身旁的椅子坐下。這個座位安排不免有點劍拔弩張，但考慮到餐桌靠裡的位子是上座，也就不得不讓她一起坐在那兒。

因為，這名蹦蹦跳跳坐到椅子上的紅髮雙馬尾少女，在立場上與黑雪公主完全同等。她正是「日珥」軍團的首領紅之王——「不動要塞（Immobile Fortress）」Scarlet Rain——上月由仁子。

仁子肯乖乖坐在黑雪公主身旁，讓春雪先鬆了口氣，不過緊接著第二位來賓便無聲無息地出現在客廳門口。這人之所以會比仁子晚了幾十秒出現，多半是因為要先在玄關脫下厚重的騎士靴。她的雙手戴著黑色的長款皮手套，跟短袖水手意外地十分搭調。她將垂在肩上的辮子撥到身後，以略低的女低音說：

「SRY（sorry）。環七發生車禍迴避塞車。」

這個說話能省則省的人物，當然就是紅色軍團（日珥）的副軍團長Blood Leopard，簡稱Pard小姐。

春雪正要走回去帶她入座，離她最近的楓子卻搶先站起說道：

「這可辛苦妳了，Leopard。陷在那邊的車陣可是很難脫身的呢。」

楓子以平靜的語氣說話，同時走到Pard小姐身前。

所謂車禍迴避塞車，指的是即將發生車禍時，車輛控制AI會緊急煞車，同時對周圍的車輛也發出停車訊號，因而造成塞車的情形。當道路車流量太高，停車訊號就會形成連鎖反應不斷散播，讓極大範圍內的車輛都停下來，再不然就是進入強制慢行模式。

此刻的有田家客廳，這兩名女性面對面所發出的隱形火花也在瞬間散播開來，讓春雪的動作緊急煞車。嚥下口水的他這才意識到一件事。

綽號「血腥小貓（Bloody Kitty）」綽號的Pard小姐與綽號「鐵腕」的Sky Raker倉崎楓子，直到第一代黑暗星雲垮台前，都相知相惜地把彼此當成最好的對手——之前他是這麼聽說的。而且，Pard小姐雖然資歷相當深，等級卻留在6級，這點似乎與Raker的半退隱狀態有很深的關係。

「……Hi, Raker.」

Pard小姐脫下手套，簡短地打了聲招呼。從她的動作上，完全看不出這兩人到底是曾在現實中相見，還是今天才初次見面。

至少，在三週前「赫密斯之索縱貫賽」的最終盤，她們兩人就曾見面並講過幾句話，但那是有許多隊伍參加的大賽型對戰。仔細想想，從Raker回歸以後，這兩人始終沒有直接進行過任何一次對戰。

……該、該該該不會要在這裡當場開打吧？

春雪不由得手心捏了把冷汗，但坐在右後方的仁子以解除了「天使模式」的聲調，很乾脆地打消了這劍拔弩張的氣氛。

「妳們別對瞪個沒完沒了，趕快來吃吧！我等不下去了啦！」

「……我們等得才久了呢，紅之王。」

她身旁的黑雪公主隨即這麼回答。楓子也趁這時退開一步，要Pard小姐就坐。互為勁敵的兩人並肩坐下後，春雪也趕緊回到自己座位上，這時黑雪公主才再度開口：

「那麼，不管怎麼說，先吃飯吧。有事吃完再說……開動。」

「「「開動！」」」

其餘七人也大聲應和，同時拿起湯匙，迎向擺在各人眼前的大盤咖哩飯。

為什麼黑暗星雲全團六人會親手做咖哩飯，邀請日珥的兩大巨頭同桌用餐呢？理由要回溯到昨天——六月二十三日，星期日所召開的「七王會議」。

春雪大口咀嚼著自己親手挑選、削皮的馬鈴薯，同時將記憶倒轉二十小時，回溯起那只要走錯一步，說不定就會被純色諸王宣判死刑的法庭……

2

左擁右抱。

春雪心想，眼前的狀況似乎也不是不能用這句話來形容。

因為春雪的對戰虛擬角色Silver Crow，正獨自站在呈階梯狀的圓形舞台最上段，低了一階的左右兩邊，則有兩名英姿煥發的美麗女性型虛擬角色直挺挺地站著。不過很遺憾，她們既不是Crow的護衛，也不是隨從，而是負責監視罪犯的刑吏。

「……請問一下，妳們的刀是起始裝備嗎？還是說，是從哪邊撿來的？」

春雪受不了這種緊張，小聲對右側的藍色軍團最高幹部Cobalt Blade問出這個問題。

女武士帶響一身藍色的重裝甲，朝春雪看了一眼，隨即略顯憤慨地小聲回答：

「刀是我們的靈魂，當然是起始裝備！」

緊接著左側的Mangan Blade也出聲了。她只有裝甲顏色稍微偏綠，其他部分都跟Cobalt Blade一模一樣，兩人簡直像一對雙胞胎。

「撿到的？竟敢出言不遜，小心我砍了你！」

春雪嚇得發抖，趕緊找藉口：

「妳、妳妳妳誤會了，因為我前陣子在無限制空間看到有點類似的刀，才不禁想……」

兩名女武士對看一眼，以完全重疊的聲音低聲問：

「「你是在無限制空間的哪裡看到？」」

「呃、呃，這個……」

春雪所想到的，當然就是在無限制中立空間正中央那絕對不容侵犯的「禁城」裡那名神秘藍色系虛擬角色所佩直刀。刀名「The Infinity」，是加速世界最強的強化外裝「七神器」當中的五號。

春雪自然不能把這種機密情報洩漏給敵對軍團的幹部，只好雙手食指互搓並說道：

「嘿、嘿嘿……這是秘密。」

緊接著Cobalt與Manganの雙眼精光暴現，用力握住當成枴杖般拄在身前的佩刀刀柄。所幸這時有人說話了。這個宏亮的嗓音口氣悠哉，卻又充滿強烈的威嚴。

「喂喂喂，小鈷、小錳，他還沒接受檢查，妳們可別讓他退場啊。」

「「是！」」

兩名女武士大聲回答，重新站好。春雪也縮了縮脖子，從遮住虛擬角色臉孔的鏡面護目鏡下，偷偷朝出聲者瞥了一眼。

Silver Crow所站的圓形講台，位於一個直徑約有三十公尺的圓形廣場正中央。廣場外圍有七張把極粗柱子腰斬而成的現成椅，排成半圓形。坐在這幾張椅子上的，就是主宰加速世界的9級玩家——「純色七王」。

從春雪的角度看去，最右邊是以澀谷區為大本營的軍團「長城」頭目，外號「絕對防禦(Invulnerable)」的綠之王Green Grandee。今天他和上週一樣，並未帶隨從到場。

坐在他身旁的，則是以杉並區為領土的「黑暗星雲」首領，也是春雪的劍之主，過去人稱「絕對切斷(World End)」的黑之王Black Lotus。在她身後則能看到副團長Sky Raker優雅的身影。

第三張椅子上，坐著佔領中野區到練馬區一帶的「日珥」軍團長Scarlet Rain。當然，她並未召喚強化外裝群，只讓可愛的少女型虛擬角色雙腿盪來盪去。侍立於身旁的Blood Leopard，輪廓就像一頭直立的豹。

第四個座位——春雪正對面，則有這次也擔任議長的藍之王安坐該處。這位「劍聖(Vanquish)」Blue Knight是領土橫跨新宿區到文京區的「獅子座流星雨」首領，站在春雪兩旁的女武士就是他的左右手。也就是說，先前出聲制止她們兩人的就是藍之王。

更靠左的第五張椅子上，坐著一個輪廓高貴的虛擬角色，讓人看一眼就會聯想到「女王」一詞。她是銀座區的主宰——外號「紫電后(Empress Voltage)」的紫之王Purple Thorn。她背後侍立著外觀像是女軍官的親信——鞭手Aster Vine。兩人一動也不動，但散發出來的壓力卻比在場任何人都更加明確地集中在春雪身上。

佔據第六張椅子的，則是裝甲的黃色鮮明到有些毒豔的小丑型虛擬角色。此人乃是領土從秋葉原橫跨到上野一帶的「宇宙秘境馬戲團」首領，「輻射幻惑（Radio Active Disturber）」黃之王Yellow Radio。今天他也沒讓部下來到眾人看得見的範圍，一張掛著笑臉的面罩就像鐘擺似的左右擺動。

最後——最左邊的第七張椅子上，今天仍然看不到本應坐在上面的「王」。

這個虛擬角色的輪廓就像一根削尖的棍棒，他是「Ivory Tower」，全權代理以六本木區為據點的軍團「震盪宇宙」團長白之王。春雪本來以為，今天終於可以目擊到自己唯一尚未親眼看過的第七位9級玩家，但也不知道，究竟是白之王真的這麼怕生……還是說，這人對區區5級的Silver Crow根本不感興趣。

——大概是後者吧。雖然我對他超有興趣的。

春雪內心有些沮喪，繼續轉動視線，隨即看見一座巨大的城堡聳立在「魔都」場地的濃霧後。那當然就是加速世界的正中心——「禁城」，然而這裡並非無限制中立空間，而是由Cobalt與Mangan進行對戰而產生的正常對戰場地，因此無法進入城內。就系統上而言，春雪與其他諸王都是以觀眾身分連進這個空間。

也就是說，Cobalt與Mangan都無法直接用佩刀攻擊Silver Crow，但兩人可以將他指定為「妨礙對戰的觀眾」而當場驅離。又或者，只要在場全員都同意（儘管可能性很低），就可以將對戰規則改為「亂鬥模式」，每個人都可以任意攻擊任何人。

——不不不，我絕對不按ＹＥＳ喔。我才不按咧。

春雪完全忘了自己在上次七王會議中也想過同樣的念頭。他在下著這樣的決心之餘，也檢視了現場的狀況。說穿了，這地方就是裁決被告Silver Crow的最高法院。算來Black Lotus是律師，敵意最重的Purple Thorn是檢察官吧？Blue Knight是法官，其他四王則是陪審員。

聚集了這麼多大人物，眾人卻一直維持沉默，是因為在等待最後一人登場。他們在等能以特殊能力檢查Silver Crow是否清白的「證人」出現。他或她的一句話，可以決定春雪的超頻連線者生命是否將當場終結。

春雪當然確信自己清白。

他會以嫌犯立場站在這裡，最直接的原因就是他在日前的「赫密斯之索縱貫賽」中，召喚出受詛咒的強化外裝——「災禍之鎧」Chrome Disaster。這件「鎧甲」從加速世界的黎明期就曾多次造成重大災情。對於成了這件鎧甲第六代持有者——不，應該說是「宿主」——的春雪，諸王給了一週的緩刑期間。上次的七王會議結束後，到這次的會議之前，他必須將鎧甲從虛擬角色身上淨化掉，否則Silver Crow的項上人頭會遭到高額懸賞。春雪好不容易才升上5級，若在此時遭到通緝，無異於被宣判死刑。

因此這一週來，春雪與他的軍團伙伴都為了消除寄生在Silver Crow身上的「鎧甲」而努力奮戰。他從四神朱雀的祭壇救出有淨化能力的Ardor Maiden，並正視創造出「鎧甲」的兩名超頻連線者所留記憶，終於查出Chrome Disaster形成的機制，成功解開所有詛咒。

做為「鎧甲」前身的兩件強化外裝——大劍「Star Caster」與全身鎧「The Destiny」，已經靠Maiden的淨化能力從Silver Crow身上分離，在加速世界一個不為人知的地方永遠長眠。現在，已經沒有任何物件寄生於春雪的對戰虛擬角色身上，因此他沒有理由受到任何詆毀。

春雪自己非常肯定這點，但要說到能否順利讓眾人認同，還是難免有些不安。畢竟他並不清楚當下在場全員等待的「證人」，到底是個什麼樣的超頻連線者。從黑雪公主與楓子的口氣聽來，她們似乎多少知情，但怎麼看都不像是無條件信賴這個人。

也就是說，如果萬一證人被檢察官收買，或對方無視檢查結果而堅稱被告有罪，春雪也沒有任何證據可以反駁。默默站在原地想著這種事，只會讓不安愈來愈膨脹，這讓他不由得想找兩側的女武士說話。

「我說Mangan小姐……」

「…………又有什麼事？」

春雪對這個嫌煩而斜眼看他的對象小聲問：

「妳跟Cobalt小姐，在現實世界也是姊妹……或者該說是雙胞胎嗎？」

「…………是雙胞胎。」

「是、是喔！可是以這種情形來說，妳們的『上輩』……是不同人嗎？」

「喔？小子，這問題問得好。」

這時，Cobalt Blade從另一頭出了聲。她小小的臉湊來，以帶著幾分得意的語氣說下去：

「神經連結裝置是以個人特有的腦波波形來辨識使用者，這點相信你也知道。那麼，如果有兩個人的腦波幾乎完全一樣，你覺得會如何？」

「咦……妳、妳們共用神經連結裝置……？可、可是，妳們兩位現在就同時在加速……」

正當春雪歪頭納悶時，Mangan Blade低聲笑了笑說：

「呵呵，想知道更多，就跳槽到藍色軍團（獅子座流星雨）來努力向上吧。如果你派得上用場，我們也可以考慮讓你當扛武器的隨從。」

「只不過，這也得看今天的會議結果怎麼樣啊，呵呵。」

「咦，這個，不了，謝謝再聯絡……」

「「你說什麼！」」

兩人再度握住刀柄，坐在正面的Blue Knight拿她們沒輒似的搖搖頭，正要出言制止……

一個開朗得突兀的聲音，響徹整個橫著霧氣的圓形廣場。

「嗨～抱歉我遲到囉！我一個不小心跑到禁城另一頭去啦！」

來人在「魔都」場地的堅硬地面上踩出輕快的腳步聲。春雪判斷這人是從後方來的，迅速轉過身去。慢了半拍後，兩側的武士也跟著轉身。

一個輪廓從濃密的霧氣下透了出來——是個嬌小纖瘦的女性型角色。她全身只有頭部格外的大，看起來極為突兀，但這人似乎對惡劣的視野全不放在心上，直線接近過來。

「小錳，要來了。」

「小鈷，別鬆懈。」

聽到兩名女武士說話的聲音充滿戒心，春雪只覺得一頭霧水。如果是在無限制中立空間，對於接近的對戰虛擬角色確實應該全神戒備，但這裡是正規對戰空間。雖然現在她們已經調整選項解除了「觀眾無法進入對戰者十公尺半徑內」的限制，但「觀眾不具備任何攻擊力」的大原則仍然不變。

很遺憾，他沒有機會詢問兩名女武士到底在提防什麼。這個從霧氣中現身的訪客，怡然自得地從春雪身旁走過，在七王面前停步。

她的裝甲是很淡的紫色，有著非常女性化的曲線，但四肢與身體部位都沒有什麼特色。整個人最顯眼的地方，還是在於頭部——約一百六十公分的身高之中，頭部大概就佔了三十公分以上。單從背影看，很難判斷頭上呈扇狀外展的部位是帽子型裝甲還是頭的一部分。

這個虛擬角色右手扠腰，輕輕行禮致意，藍之王Blue Knight起身對她說道：

「首先，我要感謝妳接受我們唐突的請求，『Argon Array』。」

「別客氣～我沒差。畢竟該拿的東西我也不會少拿呀，啊哈哈！」

這個超頻連線者的名字似乎叫做Argon Array。她回答的語氣始終極為開朗，即使面對純色七王，也感覺不出半點緊張。

「不過話說回來，好久沒有看到這樣的景象啦。上次看到你們幾個王全部到齊，已經是多少年前啦？」

聽到她這麼說，最先有反應的是黃之王Yellow Radio。

「啊喲……『四眼(Quad Eyes)』，妳說這話可不太對了。根據我的記憶，從我們七個人成為王以來，只有一次全員到齊……就是上一代的紅之王被人偷襲而退出的時候。怎麼聽妳的口氣，好像當時妳也在場似的？」

這番話明著質問Argon，暗中試圖挑釁黑之王Black Lotus的意圖卻再明顯不過，讓春雪咬得牙關作響。但黑雪公主與楓子都事不關己似的當作沒聽見，所以他也勉強忍了下來。

Argon也同樣不為所動。她的大頭歪了歪，聳聳肩膀說：

「哎呀，說得也是。我實在記不清楚了。畢竟我從收音機小弟弟還這～麼小的時候就認識你了啊。」

她先用右手比了比自己胸前的高度，接著又「哪有可能啊！」地自己吐槽。看見連黃之王都沒吭聲後，Argon更是乘勝追擊：

「啊啊，還是不行！我從以前就是這樣，看到收音機小弟弟就想吃收音機燒耶。如何，開完會要不要陪我去吃啊？我知道飯田橋有一家店挺好吃的，當然我說好吃，是以東京的水準來說啦，啊哈哈！」

「……妳還是老樣子，一張嘴就愛佔人便宜……」

Yellow Radio不高興地說出這句話，重新坐回位子上。接著Blue Knight再度開口：

「你們要重溫交情是沒有關係，不過差不多該讓我進入正題了。畢竟後面還有別的議題等著啊。」

「對喔。我是來『看』的。好啦，趕快讓我瞧瞧吧……」

說著，之前一直背對春雪的Argon Array便轉過身來。

春雪腦中瞬間閃過「那是帽子嗎？」的念頭。部分女性型角色的面罩會露出嘴，但Argon面罩的上半部卻被鏡頭狀護目鏡遮住了。再上去還能看見兩個圓形的部位，但這些部分也被遮罩擋住了。她的頭部會大得異常，想必是因為原本的頭上又加掛了這些追加裝甲。

春雪茫然地轉著這樣的念頭，盯著慢慢走近的Argon看。他也沒把兩旁不斷後退的Cobalt和Mangan放在心上，只是一直站在原地。

Argon一階又一階地踏著階梯狀的台子，毫不猶豫地跨上春雪所站的第三階。當她站上這一階時，兩人的距離已經不到二十公分，大型的鏡頭型護目鏡就在春雪面前閃著光芒。春雪不由得盯著這護目鏡看，眼中卻只有深沉的黑暗，完全看不見護目鏡下的情形。

「…………嗯？這位小弟弟就是傳說中的烏鴉小弟啊？」

她輕聲說著這句話，同時頭一歪，光反射的角度讓兩個鏡頭閃動，就像在眨眼一樣。

「我聽說啊，你靠自己的力量和那件『鎧甲』分離了？我們家的人可把你誇上天去了呢。大家很看好你唷。」

「多……多謝了……」

看春雪答得惶恐，Argon Array從喉頭發出嘻笑。

春雪對這位擔任「證人」的超頻連線者所知不多。事前只聽說這人有能力看穿其他對戰虛擬角色的所有狀態（數值），判定其身上有無寄生屬性的物件；再就是她的綽號叫做「四眼分析者（Quad Eyes Analyst）」。

從她的言行，不難想像其資歷相當深，然而連她虛擬角色的正式名稱，春雪也是今天才知道，所以這當然還是第一次見到她。春雪本來還從綽號猜想這人可能有四個眼睛，但Argon的臉上只有兩個鏡頭。正當他納悶著另外兩隻眼睛在哪裡而打量起那嬌小身影時……

嗤。

他覺得自己意識當中極深的地方，擦出了小小的火花。

真要說起來，就像本來不應該存在於那兒的記憶，短暫地接上了線路。春雪覺得自己似乎曾經在哪兒看過這種景象……卻找不出更多的資訊。只有一個朦朧的輪廓，在充滿雜訊的記憶螢幕上閃過。

春雪呆呆站在原地，Argon卻迅速退開，對兩旁的Cobalt與Mangan各看了一眼，說道：

「好啦，那就開始吧。我跟小弟弟現在都是觀眾，如果要用特殊能力，就得讓我們加入兩位小姐的對戰唷。」

「……這我們知道。」

Cobalt Blade語氣僵硬地應了一聲，打開「系統選單」迅速操作。春雪與Argon的眼前立刻開出一個小小的視窗，這行英文訊息的意思是「您受邀參加亂鬥模式　YES／NO」。

Argon一聲「我按！」便按下了YES，春雪則嚇得連連驚呼。參加亂鬥模式，也就表示他的立場從安全的觀眾升級——或者該說是降級——成為有著體力計量表的對戰者。只要Cobalt與Mangan這對武士姊妹有那個意思，當場就可以把春雪切成薄片……

這時，黑之王Black Lotus平靜地說出了她到場以來的第一句話：

「Crow，不用怕。如果這是圈套，我會宰了在場的每一個人。」

接著背後的Sky Raker也說：

「那當然。我會把他們全部吊在東京晴空塔示眾喔。」

這兩句聳動的台詞，當場讓氣溫降到差不多零下一百度左右。此時，坐在她們身旁的紅之王Scarlet Rain還補上一發炸彈：

「喂喂，Lotus，我話先說在前面，日珥只是來見證的！要搞吊刑去找那邊那些臉色很差的傢伙就好。」

她口中那些臉色很差的傢伙，顯然是指藍色或紫色這類的顏色。姑且不論成熟穩重的藍之王，Purple Thorn與Aster Vine那邊顯然已經散發出熊熊燃燒的鬥氣。春雪判斷，再這樣下去難保不會爆發第二次超級七王大戰，於是趕緊將右手伸向視窗。

「不、不不不要緊的！這是為了證明我的清白！」

他下定決心，按下了按鈕。參加亂鬥模式的訊息閃過，春雪的體力計量表在鏘一聲金屬聲響中，落到視野左上方，另外三人的計量表則縮小顯示在右上方。

Cobalt與Mangan真不愧是藍之王的左右手，兩個人都是7級。然而更令春雪驚訝的是，【Argon Array】名字右方竟標示著8級。這個人果然是個身經百戰的老將，難怪一副跟黃之王認識多年的樣子。

不過她本人的語氣始終非常輕快。

「好啦！那就上工吧，讓我來仔細瞧瞧。烏鴉小弟，你準備好了嗎！」

說著Argon便湊了過來。反射性地直立不動的春雪只能老實回答：「拜、拜託妳了。」

「那就開始囉。」

Argon Array輕聲回應後，帽子——至少春雪先前以為是帽子的零件——上面的兩塊圓形裝甲板就唰一聲上下拉開。

一對鏡頭從中出現，其直徑約有位於眼睛部位的鏡頭一點五倍大。四個鏡頭……不，應該說「四眼」於極近距離捕捉到了春雪。

碩大的頭部內側傳出咻咻聲，一陣陣暖風從設置在側面的散熱孔排出，接著所有鏡頭全都發出了耀眼的紫色光芒。四道像是探照燈或某種雷射的直進光，貫穿了Silver Crow身上四個部位。

「…………！」

春雪不由得縮起身子，卻沒有半點受到損傷的感覺。他往上瞥了一眼，發現體力計量表也維持全滿的狀態。不過，確實有某種東西貫進虛擬角色的內側，充滿異樣的感受。

「…………嗯，物品欄完全是空的。」

Argon忽然輕聲咕噥。這表示，她正在檢視原則上只有春雪自己看得見的物品欄（Storage）。

「沒有裝備中的強化外裝，完全沒有受到任何支援效果（Buff），也沒有任何利用物品製造的偽裝……」

不知不覺間，Argon開朗的口氣慢慢淡去，事務性的冰冷浮上台面。這種對目標沒有一丁點興趣，完全只將其當成觀察對象分析的聲音……

嗤！

春雪腦海深處再度擦出比先前強了一些的火花。另一幅光景隨即浮現腦海，與現實中的視野重合。

陡峭懸崖上，站著成排低頭看過來的人影。這些人影並非血肉之軀，而是對戰虛擬角色。這幅畫面似乎是在很久很久以前的事，但春雪確實有印象。不對，不是以前。這是——夢境，是幾天前才在夢中看過的場面……？

春雪屏氣凝神，拚命想喚醒朦朧的記憶。這段記憶的先後順序會顯得雜亂無章，是因為其為「在夢中看到的遙遠過往」。而且，這並非春雪自己的記憶，而是深深烙印在一件已消失強化外裝當中的記憶。這段記憶，屬於一名塑造出這件強化外裝，並在很久很久以前就離開加速世界的超頻連線者。

春雪卯足全副心神，試著讓滿是雜訊的螢幕慢慢變清晰。看似斷崖的地方，其實是呈弧線的斜坡——是個隕石坑似的寬廣窪地。站在邊緣的一名虛擬角色有著格外碩大的頭部，四隻眼睛發出炫目光芒，小小的聲音斷斷續續地刺激聽覺。

『……量表完全恢復……必殺技計……沒有消耗。錯不了……想像回路……主視覺化引……覆……現象。』

這聲音似曾相識。

此時，又有另一個聲音回應了這個讀數據似的冰冷聲音：

『看來……情緒爆……發現象…………比加深專注…………快，只是……能控制…………另當別論。』

說話者是身旁一名高瘦的虛擬角色。那人說細長也不太對，比較像是用很多片薄薄板塊縱向排列拼成。接著又是先前的嗓音。

『也對。還有……「心傷殼」強度……一定水準……金屬色……幾乎可以確定……』

春雪彷彿要搾乾靈魂般使盡全力，好不容易才播放出這些資訊。就在同一時間——現實中的說話聲音在他耳邊悄悄流過。

「哼～不愧是金屬色，『心傷殼』很厚，裡面的東西實在很難看透……」

這一瞬間——

劇烈的衝擊撼動春雪的意識，將記憶的螢幕震得粉碎。

但螢幕在粉碎之前，上頭的雜訊突然全數消失，畫面像一張清清楚楚的照片般，烙印在春雪的腦子裡。

一樣。

在「他」的記憶裡，從崖上用四隻眼睛低頭看著「他」的輪廓……跟此刻用四隻眼睛分析春雪的女性型虛擬角色，是同一個超頻連線者。

而在同一個場面，站在四眼虛擬角色身旁的薄板積層虛擬角色……就是三度出現在春雪面前，以異樣能力讓春雪和同伴陷入苦戰的「加速研究社」副社長……「拘束者」Black Vise。

也就是說……

這也就是說——

春雪整個人僵在原地，耳邊聽到那恢復了幾分開朗的嗓音。

「然後……寄生屬性的物件也是一個都沒有。放心吧，小弟弟，『鎧甲』已經不在你身上附身了。我『四眼』替你掛保證啦！」

緊接著，站在左右的Cobalt與Mangan都微微放鬆了肩膀。

前方能看見黑雪公主與楓子大大鬆了口氣並相視點頭，接著仁子一拳打在手掌上，Pard小姐則微微豎起大拇指，像是在說「ＧＪ」；更靠近的綠之王也微微點頭。

坐在另一邊的黃之王無奈地攤開雙手；紫之王只微微聳肩，但身後的Aster Vine卻啪一聲擊響捲起的鞭子；全權代理白之王的Ivory Tower完全沒有反應；坐在正中央的藍之王則重重點了點頭，披風一掀站起。

但春雪幾乎完全沒注意諸王與他們親信的反應。

因為，有一句話在他腦中像警笛似的一再迴盪。

——是她。是她。是她！

現在站在自己眼前的「四眼分析者」Argon Array是——

加速研究社的核心成員。

Black Vise的同夥。

過度的恐懼與戰慄，讓春雪在微微低垂的面罩下咬得牙關格格作響。如果是在現實世界，相信他早已汗如雨下，說不定連眼淚都會滲出來。

「哎呀呀，原來小弟弟你這麼緊張啊！」

一個摻雜笑意的聲音傳來。Argon那四隻已經幾乎不再發光的眼睛，從春雪視野上方打量他的臉。

「放心吧，再也不會有人說要懸賞你……」

這句話說到這裡，突然停了下來。

慢慢變暗的四連裝鏡頭又微微增加了光量，宛如真的眼睛似的連連眨動，同時Argon整個人一步步朝春雪逼近。

不能被她發現。不可以讓她知道春雪領悟了什麼事。

要是被看穿，她多半會收回剛剛的話，宣稱「災禍之鎧」還寄生在春雪身上。Silver Crow

將會被指定為懸賞的通緝犯，進而被逐出這個空間……不，Cobalt與Mangan多半會先砍下他的頭祭旗。

無論如何，他都必須安全度過這個場面，將自己得到的情報告訴黑雪公主她們才行。

春雪拚命壓抑想跳開的衝動，Argon纖細的手指輕輕摸上Silver Crow的頭盔側面，接著以極小極小，只有他們兩人聽得到的音量輕聲說：

「小弟弟……你，認識我……？」

要不是有鏡面護目鏡完全遮住Silver Crow的眼睛與嘴巴，或許這一瞬間春雪就會因為表情而洩底。但他拚命將僵硬的臉朝向Argon，歪了歪頭表示聽不懂這話什麼意思。

他沒出聲，不，應該說是發不出聲，或許反而該算是幸運——Argon也不再深究。

「沒什麼……別在意。」

說著，Argon便拉開距離，一步步走下石階。離開前還敲了敲頭盔頂。

現在還不能露出放心的模樣。春雪卯足所有剩下的精神力，裝作只是站在原地發呆。他所料不錯，Argon在走完最後一段階梯時轉過身來，對他送來了雷射般的最後一瞥。

看樣子，自己也通過了這道檢驗，接著四眼的光芒就此消失。「分析者」轉身面對起身的藍之王，雙手扠腰說：

「就像我剛剛說的，那個烏鴉小弟弟身上已經沒有任何寄生物，更沒穿半件強化外裝。這也就是說，他不可能再變成Disaster了，就這樣啦。」

「聽妳這麼說我就放心啦，『四眼』。坦白講，光是想到又要跟那玩意兒打，就讓我一直冒冷汗啊。」

聽藍之王說得坦白，黃之王笑了幾聲。Knight像在說「你還不是一樣」般瞪了他一眼，接著帶響全身的重裝甲，大聲宣告：

「那麼，第一個議題就此宣告解決——」

「請問，我可以發言嗎？」

這名出聲插話者之前非但不發一語，還像座玩具積木塔一樣動也不動——他正是白之王代理人，Ivory Tower。

他將細長的右手舉得像是第二座塔似的，以不帶特徵的平板嗓音說下去：

「『Chrome Disaster』已經從Silver Crow先生的身上分離，這件事我們都明白了。既然如此，『鎧甲』是否再度化成了物品卡片？這張卡片又到哪兒去了呢？」

即使春雪滿腦子都在想Argon Array真實身分的事，卻也不能不將意識轉到這件事上。

靠著Ardor Maiden的淨化能力而從Silver Crow身上分離的兩張卡片，現在都安置在過去擁有物品的那兩名超頻連線者的「家」裡。由於住家鑰匙也跟卡片一起放在家裡，因此再也沒有人可以進入那個家，連看都看不見裡面有些什麼東西。

然而，這件事他不能原原本本地當場說出來。儘管全黑暗星雲都不知道強行進入他人住家的手段，卻也沒人能保證加速世界裡真的沒有這種方法。要是黃之王這種人再次拿到那件強化外裝——當然，即使真的發生這種事，應該也無法再讓兩件物品融合成「The Disaster」——但誰知他又會有什麼圖謀。

受到諸王矚目的春雪一時說不出話來，於是黑之王Black Lotus起身替他回答：

「那張物品卡，已經用再也沒有人拿得到的方式封印起來了，就連我跟Crow都碰不著。Ivory Tower，這個回答你滿意嗎？還是說……你連封印的方法與地點都想知道？」

聽到她冰冷的話音，有著象牙色尖塔外型的虛擬角色左右轉動頭部。

「哪裡哪裡，黑之王，這個回答很夠了。藍之王，抱歉打斷你說話了。」

說著他便放下了手，又變得像擺飾品一樣不發一語。

Black Lotus也坐了下來，右手輕輕一揮，像是在催Blue Knight說下去。藍之王點點頭，重新發話：

「——第一個議題就這麼宣告解決。『四眼』，辛苦妳了。不過不好意思，既然妳成了對戰者，就不能馬上登出超頻連線，可以請妳等到會議結束嗎？」

「沒差沒差，我就待在角落參觀吧。」

說著，Argon Array就移動到廣場左側，春雪的目光悄悄跟了過去。

春雪已經確信綽號「四眼分析者」的她，就是加速世界亂源「加速研究社」的成員……而且還是與副社長Black Vise同級的幹部。然而，他的根據卻只是「在夢中看過」，即使當場說出來，這種曖昧到了極點的根據八成也不可能說服諸王。

很遺憾，現在他該做的事就只有一件——別再度引起Argon的疑心。他必須想辦法安然度過會議剩下的時間，等登出超頻連線後，再當場跟黑雪公主與楓子報告。

春雪下定決心，深深吸一口氣，舉起右手說：

「請問～我可以下去了嗎？」

他奇蹟似地既沒發抖，也沒口吃，順利說出了這句話。藍之王朝春雪瞥了一眼，點點頭，用大拇指朝黑之王方向一指。春雪也點頭回禮，走下一段階梯，對背後的Cobalt、Mangan姊妹也鞠了個躬。最後他轉過身去直接跳到地面，在留意別跌倒、別狂奔的情況下，小跑步移動到黑之王的椅子旁邊。

春雪本來有自信可以勉強地正常做動作，但當他站到楓子身旁那一瞬間，一陣排山倒海而來的安心感卻讓他差點膝蓋一軟。然而，他隨即警醒現在不是鬆懈的時候，於是挺直腰桿，悄悄窺視議場的另一頭——也就是站在Ivory Tower身後的Argon Array。

「分析者」已經闔起了帽子上的雙眼。她雙手扠腰，用腳尖打著拍子的模樣，怎麼看都不像是邪惡組織的重要幹部，但這時千萬不能大意。Argon的鏡頭型護目鏡也跟Silver Crow的面罩一樣，可以遮住視野的方向。說不定她看似悠哉，私下卻偷偷在觀察春雪。

正當春雪在口中唸誦著「平常心，平常心……」的時候，站在左邊的Sky Raker微微把臉湊過來，在他耳邊說：

「歡迎回來，鴉同學。」

春雪奉為師父的楓子這短短一句話，充滿了無盡的關懷，讓他滿腔情緒不知如何宣洩。緊接著，坐在他身前的Black Lotus也回過頭來溫和地說：

「Crow，辛苦你了。」

這讓春雪幾乎要熱淚盈框。

但是，有田春雪這個人一旦鬆懈下來，就曾捅出不得了的漏子，對此他多少也學到了一些教訓，所以只點了兩三下頭作為回應。就在三人互動的時候，Cobalt與Mangan也下了圓形講台，橫切過整個議場，侍立在藍之王背後。

場面安靜下來後，藍之王再度出聲：

「只剩十五分鐘啦……我們可得快一點了。第一個議題……關於『長城』提供情報的東京中城大樓……」

他說到這裡先頓了頓，隨即朝悠然坐在最右端椅子上的綠之王瞥了一眼。

「……『絕對防禦』，可以由你來說明嗎？」

Green Grandee集眾人視線於一身，卻仍然不出眾人所料地保持沈默，只是微微動了動右手。接著彷彿收到了這個信號似的，一個輪廓由他背後的霧氣下現身。

這人的一身帶著深灰色金屬光澤的裝甲，上端是圓圓的拳擊頭盔型頭部，雙手還裝備著大型的手套。

「啊……Pound兄。」

春雪這麼一低語，位列綠色軍團幹部集團「六層裝甲（Six Armor）」第三席的7級玩家——「鐵拳」Iron Pound便微微點頭。他從綠之王身旁走上前，毫不退縮地走到議場中央。

「……由本人代替吾王說明狀況。」

Pound乃是「鐵腕」Raker的勁敵之一，應該也是位相當老資格的玩家。看來他跟在場的每個人也幾乎都認識，因此省略了報上名號的步驟，直接開始說明：

「我想應該有軍團已經查證過，位於無限制中立空間內赤坂區西部的『東京中城大樓』，出現了神獸級（Legend）公敵『大天使梅丹佐』。根據另外幾項情報，我們研判最近在加速世界內蔓延的傳染型強化外裝『ISS套件』本體或同性質物件，就存在於中城大樓的高層區。」

之後Iron Pound花了三分鐘左右的時間，將許多情報有條有理地告知諸王。

一接近中城大樓周圍兩百公尺內，就會被梅丹佐發出的超高威力雷射攻擊瞬間蒸發。

要取消梅丹佐的無敵屬性，唯一方法就是等待無限制中立空間變遷為「地獄」。

先前他們曾花上內部時間數月之久，等待機會來臨，但「地獄」一次都沒出現……

Pound說明完狀況後又過了幾秒鐘的沉默，紫之王Purple Thorn先開了口：

「嗯……這也難怪。姑且不論正規空間，要說看到無限制空間變成『地獄』的次數，我也是少到數得出來。」

她帶了點鼻音的嗓音雖可用甜美可愛形容，其中卻蘊含著超高壓電流般的意志——只要有機會，一定要拿下黑之王首級。

「畢竟無限制空間的『地獄』可是真正的地獄啊。到處都有的巨獸(Beast)級全都會突變成邪神(Devil)級公敵……我可不想再領教了。」

藍之王如此表示。其餘諸王與幾名幹部也都點頭表示贊同。

Yellow Radio尖銳的嗓音，劃破了這陣沉重的沉默。

「嗯~我倒是有點小小的疑問。從外側無法接近中城大樓這點我倒是了解，可是……那我們改從內側接近如何？只要先在現實世界進入大樓高層，然後在那裡使用『無限超頻』指令，不就可以越過梅丹佐的攻擊範圍而入侵大樓了嗎？」

「啊……！」

春雪不由得驚呼出聲。黃之王說得不錯，在無限制中立空間出現的座標，是以現實世界中所在的位置為準，所以只要先抵達真正的中城大樓再進行加速，照理說可以一口氣進入敵人的大本營。

——不過，這個春雪覺得很棒的主意，卻遭到坐在右邊的紅之王否決。

「我說Radio啊，這點小花招Grandee當然也想過了。如果敵人的總部是在六本木山莊大樓，這招應該也行得通，畢竟國中生只要花個五百圓買學生票就可以上展望台了。可是啊，我也查過了，中城大樓大部分樓層都是超高級的旅館，除了房客以外都會吃閉門羹吧？」

「啊……！」

春雪再度驚呼，站在議場正中央的Iron Pound也點點頭做了補充說明：

「順便告訴各位，最便宜的雙床房是每人每晚三萬圓起跳。」

在場所有人都默不吭聲。

身為超頻連線者，即使是最強的「純色七王」或各軍團最高幹部，在現實世界依然是只有零用錢收入的中學生，三萬圓的金額實在沒辦法隨隨便便就拿出來。如果第一次入侵就保證能夠破壞ＩＳＳ套件本體，也許還可以大家一起湊錢把部隊送進去，不過第一次多半只能完成偵察任務。只為了偵察就花三萬圓，負擔實在太大，大得令人傷心。

Black Lotus的聲音就像一把利刃，劃破了再度充滿整個議場的沉重沉默。

「——拿現實中的錢來解決加速世界的問題，根本就是邪道。加速研究社那些傢伙，應該也不是奉上大把鈔票才把梅丹佐從『兩極大聖堂』搬出來。我們還是該以超頻連線者的立場面對這個狀況。」

「喔喔，了不起，真了不起。」

黃之王用細長的雙手連連鼓掌。

「可是黑之王，妳有什麼腹案嗎？我想，妳拿手的暗算對梅丹佐應該不管用吧？」

聽到這非常明顯的挑釁，春雪與楓子都踏上半步，但黑雪公主始終冷靜回應。

「同樣地，你拿手的障眼法多半也毫無作用。乖乖閉嘴少廢話吧，既然Grandee特地帶了人來講解，相信他一定有主意。」

這句話讓Radio不悅地瞇起雙眼，但他沒再多說什麼便重新坐回椅子上。眾人的目光再度集中到正中央的Pound身上。

的確，如果只是要說明狀況，用純文字郵件寄到各軍團拿來當聯絡窗口的匿名信箱就行。綠之王沒這麼做，還特地帶了上次並未出席的隨從同行，想必有什麼提案。

春雪吞了吞口水，等著Pound說下去。

然而下一瞬間，鋼鐵色的拳擊手型虛擬角色卻筆直望了過來，讓他不由得退縮。春雪左右張望，但看樣子Pound注視的正是Silver Crow。

──啊，我有種不好的預感。

才剛想到這裡，Pound就像看穿了春雪心思似的點點頭說：

「的確，我們有一個腹案能夠打破僵局。Silver Crow……你才剛『淨化』完鎧甲就這麼要求你，我們也很過意不去，不過可以請你再出點力嗎？」

「咦，這個，可可可可是！」

春雪一邊慢慢後退，一邊快速左右搖頭。

「梅梅梅梅丹佐的雷射連空中也沒有死角啊，就就就算用飛的也絕對會被打下來啊。」

「嗯，想必如此。」

Pound很乾脆地同意，但他隨即又說了下去：

「然而，這次我們期待的不是你的『飛行能力』，而是你的另一項特徵……我們期待你的金屬色『Silver』。」

「顏顏顏顏色？我、我的確是銀色沒錯，可是這也不是什麼了不起的特徵……頂多就是比較能抗毒……」

「目前或許是這樣。不過，你卻是在場唯一具有某種可能性的人。」

Iron Pound說到這裡先頓了頓，接著才以更加嚴肅的語氣說下去：

「你有可能學會加速世界曾經出現過的傳說特殊能力……對於所有光線類攻擊都具有絕對抗性的『理論鏡面（Theoretical Mirror）』。」

3

「嗚，好飽好飽……飽到都快要變成黃色系了……」

仁子發出這樣的呻吟，同時放下湯匙。

春雪早了幾分鐘吃完，手心冒汗地等著紅之王評分。這道咖哩是照千百合媽媽提供的原創食譜所做，大部分調理過程都交給千百合與謠處理，春雪負責的只有採買與削馬鈴薯皮，但他仍然像要打開學力測驗成績郵件一樣緊張。

仁子在籠罩整個客廳的寂靜中閉著眼睛，過了一會兒，雙眼猛然睜開大喊：

「八十五分！勉強及格！」

緊接著全黑暗星雲的團員舒了一口氣，呼氣聲中還聽得見Pard小姐說了句「ＧＪ」。

八人迅速收拾餐具，轉移陣地到沙發套組，再度面對面坐好。

這沙發套組本來也是六人座，但仁子與謠的質量都不到春雪的一半，只要她們擠一擠，還是勉強能讓所有人都坐下。兩名分別是小學六年級與四年級的少女並肩喝著冰紅茶，這幅光景實在無比溫馨，讓當了十四年獨生子的春雪不由得妄想起「要是有對這樣的妹妹該有多好」，但她們一個是加速世界最強的「王」之一，另一個則是能夠駕馭超高溫火焰的「劫火巫女」。仔細想想，兩人都是擅長遠程攻擊的紅色系，要是一對一打起來，場面一定非常燦爛。

「……等等，咦，仁子跟四埜宮謠學妹該不會是第一次見面？啊，我知道現實世界裡當然沒見過，可是在加速世界也……？」

聽見春雪的問題，兩名小學生對看一眼後同時搖了搖頭。仁子先開口說：

「我當上超頻連線者，是在第一代黑暗星雲解散前不久。不過在當時的領土戰裡，應該有跟Maiden打過幾次照面。」

接著謠也迅速敲打投影鍵盤：

【UI＞只是我們都屬於紅色系，基本上都只是從遠處用火力對轟。】

「可是有一次『鐵腕』大姊從空中把Maiden丟到我們的據點正中央耶！而且她就這麼直接掉到我眼前。」

【UI＞當時真的非常不好意思。】

兩人談論這個話題時，楓子仍然一臉事不關己的表情喝著飲料。春雪不由得背上打了個冷顫，這才原原本本地說出腦中的念頭。

「這樣啊……以前我們軍團跟日珥也會正常地打領土戰呢，真希望將來可以……」

現在春雪所屬的新生黑暗星雲，與仁子率領的日珥處於無限期停戰狀態，所以雙方不會進行領土戰。現階段他們只有六名團員，每週都得面對準時進攻的獅子座流星雨，隔週還得應付派小規模團隊攻擊的長城，光這樣就已經費盡心力，所以停戰協定幫了黑暗星雲很大的忙。然而，這同時也阻礙了BRAIN BURST這款遊戲原有的樂趣。

春雪這句話，讓仁子一瞬間露出五味雜陳的表情，接著她將目光轉到坐在右邊的黑雪公主身上，開口表示：

「……Lotus，我知道這件事輪不到我管……不過坦白說，你們與其聽從Knight跟Grandee的要求參加『中城大樓攻略戰』，還不如優先恢復陣容比較好吧？『四大元素』剩下的兩個人都還沒回來，不是嗎……？」

黑之王停頓了一會兒後，微微點頭說：

「對，Aqua跟Graph這兩人，都還封印在禁城的『四方門』。我當然也希望立刻展開救援作戰，可是……能從『四神朱雀』的祭壇救回Maiden，已經是萬中無一的奇蹟了。當時，我們極有可能不但失去她，還同時失去Crow……」

這番話是不折不扣的事實。春雪雖然成功抱起了Maiden，卻因為逃脫失敗而衝進禁城內部。要不是在正殿深處遇到Trilead Tetraoxide這個神秘的虛擬角色，絕對無法從裡頭逃出來。

當然眾人沒對仁子說得那麼詳細，但她想必還是能夠理解。於是少女也沒繼續追問，點點頭之後簡短地補充說道：

「這樣啊……不過有句話我一定要說。不管是我，還是Pard她們三獸士（Triplex），都很期待能像以前那樣，跟黑暗星雲在領土戰上痛快地交手。」

Pard立刻點點頭。

身為副團長的楓子，微笑著回答：

「到時候，我會再次把Maiden丟到妳頭上的，紅之王。」

這話一出口，謠就輕輕地嗆了一下，春雪與拓武則嚇得縮起脖子。但千百合卻勇猛地發出笑聲說：

「啊哈哈，楓子姊，到時候把我也一起丟下去啦！進攻大本營似乎超好玩的耶！」

「呵呵，小千千這麼硬，丟起來一定很有意思。」

「……照妳們這樣講，留在據點的我們可就玩不到多少東西啦。春雪，你要不要也抱著我往敵陣特攻？」

「軍、軍團長，這樣大本營會只剩我一個人防守啊！」

拓武發出哀嚎，眾人齊聲大笑。

等笑聲停歇，黑雪公主正色清了清嗓子，開口說：

「——我相信這一天遲早，不，就在不遠的將來一定會實現。但要達成這個目標，不僅要恢復黑暗星雲的陣容……更得先把那群惡徒從加速世界轟出去。」

「軍團長指的……是『加速研究社』吧？」

黑雪公主深深點頭回應拓武，接著說：

「這種能賦予裝備者黑暗心念技能並支配其精神的『ＩＳＳ套件』，出現在加速世界不過一星期，感染範圍卻以驚人的速度不斷擴大。雖然現在還侷限在世田谷、江東、足立這些邊境地區……可是一旦感染的情形蔓延到都心，加速世界的種種規矩多半會因此崩潰。之前他們說我是『秩序破壞者』，但這種連對戰精神都玷污的行為，我萬萬不能容許。」

這句蘊含了深沉憤怒與擔憂的話說完，仁子接著說：

「我完全同意。單單這兩天，套件的感染便已經確定從足立區擴大到了北區，接下來就是板橋區，還有練馬區了……要是不在這週內把問題徹底解決，日珥（我們軍團）也免不了會有人受到感染。」

「鄰接世田谷區的杉並也是一樣。」

黑雪公主說到這裡，先停頓了一下。

其實，黑暗星雲在上週已經出現了「ＩＳＳ套件感染者」。那人就是拓武——Cyan Pile。為了找出破壞套件的辦法，他前往世田谷區，從一名叫做「Magenta Scissor」的超頻連線者手中拿到ＩＳＳ套件。當時，套件還處於封印卡狀態，但緊接著他就在現實中遭到最可怕的ＰＫ集團「Supernova Remnant」襲擊，為了擊退他們，拓武只好解放並裝備上套件。

黑暗心念威力極強，讓拓武三兩下就打倒了「Remnant」，但他卻因此受到極為強烈的精神干涉，被拖進心念的黑暗面。他知道，再這樣下去自己將會忍不住對同伴下手，因此抱著同歸於盡的覺悟，想從Magenta Scissor口中問出與套件相關的情報。

然而，春雪得知拓武的危機後，立刻從學校趕去好友家中進行直連對戰。歷經一場卯足彼此所有心念的對決，拓武終於勉強找回了自我。當天晚上，他們還找來了千百合，三個人一起睡大通鋪——結果作了個不可思議的夢。

春雪與千百合醒來時，發現自己身在所有情報全都不詳的BRAIN BURST的中央伺服器，又稱「主視覺化引擎」當中。他們追趕像夢遊病患一樣漫然行進的拓武，結果看到了一幅奇怪的光景。

狀似銀河系的中央伺服器角落，建構出了一個漆黑腦髓般的大型物件，還用血管似的管線與無數的ＩＳＳ套件持有者連接在一起。看出那就是套件本體的春雪，創出遠距離型心念攻擊「雷射長槍（Laser Lance）」，切斷了連接拓武與本體的血管，並與醒來的拓武一起回歸現實世界。等到拓武醒來時，他身上的ＩＳＳ套件已經完全消失。

這個事實顯示，只要能夠破壞套件本體，所有終端套件也會跟著消失。然而要在保有自我的情形下入侵中央伺服器，就得達成「與套件裝備者直連睡眠」這個極其困難的條件。這個條件實質上不可能重現──然而，存在於中央伺服器的套件本體說來只是「影子」，身為「實體」的ISS套件本體，則是在加速世界的無限制中立空間當中某處。

春雪在無限制空間內破壞終端套件，用飛的追向脫離現場的神秘發光體，當時聳立在他去路上的巨塔，就是「東京中城大樓」。春雪正要一口氣衝進去，卻受到綠之王Green Grandee與其部下Iron Pound阻止。他們在不遠處的六本木山莊大樓屋頂長期監視，告訴春雪中城大樓有著在「地獄」以外場地完全無敵的神獸級公敵「大天使梅丹佐」把守──

春雪在短時間內回想到這裡，屏氣凝神等著黑雪公主說下去：

「──上個星期，Crow與Maiden已經在杉並第三戰區與裝備ISS套件的Bush Utan、Olive Glove交手過。Utan後來似乎脫離了套件的支配……但Olive好像到現在依然沒有消息。連長城都有團員受到感染，相信所剩時間比我們想像中還少。黑暗星雲之所以參加中城大樓攻略戰，不只是因為七王會議的邀請，也是為了保護軍團與領土。」

「……這倒是，這點日珥也一樣。第五代Disaster那時候欠了你們人情，要我幫你們黑暗星雲也不是不行……可是啊。」

說到這裡，仁子雙手抱胸，一對某些角度下看似綠色的眼睛翻起白眼盯著春雪說：

「如果你們的圖謀成功，這邊這隻烏鴉就會變成專剋我們軍團的王牌啊！我想七大軍團裡頭，用光束攻擊的就屬日珥最多了。」

「所以，我們才會動員全團來執行妳指定的超高難度任務好不好！妳已經加了兩盤飯，我可不准妳現在才反悔……」

「我知道，我知道啦！我剛剛不就說『及格』了嗎……不過Lotus啊，妳竟然把咖哩說成超高難度，我看妳廚藝一定很差吧？」

紅之王滿臉甜笑出口的台詞把黑雪公主氣得滿臉通紅，一旁謠與楓子則突兀地咳了咳。千百合笑嘻嘻地說「跟妳說喔，仁子，學姊她把洋蔥皮……」但她正要透露這機密情報時，就中了久違的極凍黑雪式微笑，說到一半就住了口。

仁子哈哈大笑了好一會兒，這才鄭重表情點點頭說：

「也是啦，都答應過了，我就奉陪這三盤咖哩飯的份……奉陪Silver Crow的『理論鏡面』能力學習計畫。」

——就是這樣。

在昨天的七王會議上，諸王請春雪擔任大天使梅丹佐攻略作戰的先鋒。按照Iron Pound的說法，如果能學會這項稀有特殊能力，也許就撐得住梅丹佐發出的絕對瞬殺超大口徑雷射。

不過，據說要學會「理論鏡面」這項特殊能力，就得要有具備高威力光束攻擊的超頻連線者協助。然而春雪以外的黑暗星雲五名團員裡頭，沒有一個人會用光束攻擊。拓武的4級必殺技「雷霆快槍（Lightning Cyan Spike）」看上去倒有點像，但本人說那是「將鐵樁融成電漿射出的攻擊」，屬性上分類為「高熱／貫通」。

春雪當然沒在物理課學過現實世界中的電漿與雷射定義，但在加速世界裡說到電漿攻擊，都是噴射超高溫粒子群進行攻擊（換言之，火焰攻擊也算是遠親），相較之下，雷射則始終是以收斂成一直線的光束攻擊。劍風可以斬斷電漿，但斬不斷沒有質量的雷射。

說穿了，拓武的招式像雷射但終究不是雷射，要找會用光束攻擊的人幫忙，就得從軍團外找起。七王會議結束後，六名團員以全感覺連線的方式熱烈討論，最後做出決定——既然要找幫手，不如就找大家所知擁有最強雷射攻擊的超頻連線者，也就是「不動要塞」Scarlet Rain。

對於這個請求，紅之王開出了一個令他們意想不到的條件。

那就是「親手做咖哩飯讓我吃得滿意，就幫你們這個忙」。

等眾人杯底朝天，輪流上完廁所，時間已經到了晚上七點半。

在場的八人之中，門限最嚴的就是住在小學宿舍的仁子，但她說今天已經照慣例「編造好了外宿申請所以沒問題」。第二嚴格的是謠，但她的門限時間是晚上九點，以小學生而言可說相當晚——甚至晚得有點離譜。即使考慮到搭車時間，也還有一小時以上可以用。至於這個家的一家之主——春雪的母親，大概在換日前都不會回來。

眾人再次在沙發套組上坐好，接著用十百合與拓武從家裡拿來的各色傳輸線，以有線方式把各自的神經連結裝置連上一台XSB Hub，再輾轉連上有田家的伺服器。這台放在玻璃桌上的十孔Hub是黑雪公主拿來的。危急時，只要有人切斷Hub的電源，所有人就可以立刻登出超頻連線。

「……怪了，只是要『對戰』為什麼需要特地安排保險機制？」

春雪正要插上最後一條傳輸線時，突然想到這個未免來得太晚的疑問，隨即望向黑雪公主的臉。直到剛剛，他始終主觀認定是由嘗試學習特殊能力的自己和示範光束攻擊的仁子對戰，另外六個人只是當觀眾。如果是一般對戰，內部時間三十分鐘換算到現實世界只有一點八秒，應該用不到緊急斷線措施才對。

不過黑雪公主瞬間瞪大了眼睛，隨即想到什麼似的眨了眨眼後笑嘻嘻地說：

「春雪，這還用問嗎？是因為我們要去的不是止規對戰空間，是無限制中立空間。」

「咦……去、去『上層』？一般對戰不行嗎？」

春雪甩開慢慢逼近的不祥預感，繼續問下去。

而他得到的回答同樣非常簡潔。

「唔，應該不行。因為這次的任務呢，只死個一兩次多半不夠。照我的預測，至少也要死五次……不，大概要十次……」

這時Pard小姐立刻加上一句話——

「死二十次能搞定就算ＧＪ。」

不～～要～～啊～～

春雪拚命抗拒，卻被拓武與千百合從兩側牢牢抓住。

「小春，你行的」、「我們這不是陪著你嗎？」就在這種聽來非常有義氣的台詞下，傳輸線噗一聲插上了神經連結裝置。

楓子還補上最後一刀：

「要是敢讓我們在裡面枯等……鴉同學，你應該知道會有什麼後果吧？」

被她微笑著這麼一說，根本不可能逃跑。

為了配合發音有困難的謠，黑雪公主等了二十秒之後才開始倒數。春雪心想著「船到橋頭自然直，總不會要了我的命」這樣的念頭，同時跟著大喊：

「「「無限超頻！」」」

——當他注意到就是會要了他的命，而且還會要上二十次時，已經是雷鳴般加速聲響徹整個聽覺之後的事了。

4

「……碰到的場地屬性還算不錯。」

聽仁子這麼說，春雪睜開閉上的眼睛。

他隔著半鏡面的面罩，看見無數三原色霓虹燈閃爍在夜晚市街中。這是「鬧區」場地。

由於這和秋葉原的電氣街有幾分相似，因此春雪對這種屬性一點也不討厭，但地形高低起伏很大，也沒多少較為寬廣的空間可用，不太適合多人進行訓練或活動。

「為什麼算不錯？」

春雪這麼一問，火紅的少女型虛擬角色就搖頭搖得兩根天線型零件甩來甩去。

「如果是在『暴風雨』或『霧雨』屬性下，雷射攻擊就會受到負修正了。像『大海』那種水中場地，更是連用都不能用。」

「…………原來如此。」

春雪點點頭，此時跑去簡單偵察周圍情形的黑雪公主與楓子正好回來，分別表示：

「附近沒看到其他超頻連線者。」

「沿環七往南走一段有隻大了點的巨獸級公敵，如果打算要換地方，往北會比較好。」

「喔，那我們最後就宰了那傢伙再散會吧。多少也得填補一下Crow被扣的點數啊。」

仁子貼心的安排讓春雪連連發抖。

他們八人出現的地點，是在相當於現實世界中春雪住的那棟住宅大樓屋頂。「鬧區」的空間屬性禁止進入建築物內部，所以連進來時的座標才會移到屋頂。

大樓規模不小，因此屋頂面積也相當大。春雪仔細觀察四周後提議：

「如果需要大一點的地方，這裡不就好了嗎？就算有其他超頻連線者在，想從地面上來也沒那麼容易。」

「話是這麼說沒錯……」

在稍遠處歪著頭出聲的，是身披紅白二色的巫女型虛擬角色。

「可是，如果在這麼高的地方使出華麗的招式，打鬥特效會連很遠的地方都看得見，說不定會有藍色軍團的獵公敵團隊從新宿那一帶跑來。」

「要是他們跑來礙事……到時候就看我們的了。謠謠，妳說是不是呀？」

看到Raker說得笑嘻嘻的，Maiden只能縮起脖子稱是。

「那麼，我們就在這裡試試看吧！『Silver Crow的理論鏡面學習作戰』就要開始囉～」

仁子學著兒童教育節目的台詞這麼一喊，Pard小姐與拓武、千百合立刻鼓掌回應。紅之王點點頭嗯了一聲，換成老師的語氣說下去：

「在Crow掛掉……不，我是說實際演練之前，有什麼問題趕快先問一下。誰都行。」

「有～！」

千百合第一個舉手。

「呃，我還搞不太清楚……『特殊能力』跟『必殺技』是怎麼個不一樣？其實我只知道特殊能力不用喊出名稱也可以用。」

「喔，問得好。這個問題……就請負責解說系統的Black Lotus老師回答。」

「什……什麼？我來？」

突然遭到仁子指名的黑雪公主不由得慌了手腳，但她仍然清了清嗓子，將右手劍當成教鞭開始講解：

「——最單純的差異，就在於特殊能力原則上屬於『被動式技能』，必殺技則屬於『主動式技能』。」

這些用語對於從懂事以來就是網路遊戲玩家的春雪來說非常熟悉，然而千百合似乎頗為陌生，歪著三角帽子複誦著「被動……？」幾個字。黑雪公主也針對這個解說用語進行解說：

「所謂的被動式技能，就是……被動，不，呃……」

她沉吟了一會兒後乾脆地放棄，用劍指了指千百合身邊的人。

「……遇到疑難就要請Cyan Pile博士出馬，剩下的就麻煩你了。」

畢竟拓武擔任軍團參謀已久，只見他一副早料到的樣子點點頭，站到黑雪公主身旁說：

「在BRAIN BURST裡，被動式技能是以自己為對象的常態發動能力，又或者是只要還有計量表可消耗就會持續發動的能力……主動式技能則可定義為消耗計量表來對目標瞬間造成影響的能力，通常以自己以外的對象為目標。」

不愧是博士，講解非常流暢。但這些說明對千百合似乎還是艱澀了點，只見她喃喃複誦：

「對自己常態……對自己以外瞬間……」

拓武將裝備在右手的強化外裝「打樁機（Pile Driver）」指向夜空，在鏘一聲尖銳的金屬聲響中射出鐵樁。尖銳的鋼鐵瞬間伸長了一公尺後快速旋轉後縮，開始重新裝填到發射筒內。

「我這招乍看之下有點像必殺技，其實卻是強化外裝賦予我的常態發動型被動式技能……也就是『特殊能力』，不需要必殺技計量表就能使用……軍團長的劍也是一樣吧？」

黑雪公主被他這麼一問，低頭看了看自己閃閃發光的雙手黑曜石劍刃，點點頭說：

「對，你說得沒錯。特殊能力的名稱是『終結劍（Terminate Sword）』……當然也是常態發動型。」

「啊啊，原來如此……我好像慢慢搞懂了！」

千百合喊完，用右手食指筆直指向春雪：

「小春，你的『飛行能力』雖然屬於被動式技能，不過不是常態發動型，而是一用就要消耗計量表的限定發動型吧？Ash兄的『牆面行駛』跟Raker姊姊的『推進器跳躍』也是同類。」

「喔……喔喔，原來如此。」

聽千百合用明確的話說出自己以前只憑感覺掌握的事情，讓春雪不由得佩服起來。千百合在電玩方面應該是徹徹底底的初學者，但她當上超頻連線者以來所表現出的吸收能力確實令春雪震驚。

「也就是說……這『理論鏡面』也是特殊能力，所以一旦學會，說不定就是常態發動……也就是永遠不怕光束攻擊……」

春雪在面罩下吞了吞口水，這才覺得奇怪而抬起頭來：

「咦，可是，大家一直要我學……但是真的有辦法學嗎？不管是必殺技還是特殊能力，不是都只能在升級的時候拿到嗎……？我、我暫時還升不上6級啊……」

春雪畏畏縮縮地環顧眾人，黑雪公主則露出隔著面罩也看得出來的傻眼表情說：

「Crow，我說你喔，健忘也該有個限度。回想一下……你『飛行能力』覺醒的時候是什麼情形？」

春雪先納悶地雙手抱胸，這才總算發現不對。

沒錯，對戰虛擬角色「Silver Crow」並非從一開始就屬於飛行型。他剛在加速世界誕生時沒有翅膀，就只是個金屬色角色。

然而，在與Cyan Pile的那場激戰尾聲，就在自己被打得遍體鱗傷，卻仍然想重新站起來的時候……原本沒有半點突起的背上，產生了十片有白銀光輝的金屬翼片，領著春雪飛上天。也就是說，他的「飛行能力」既非在虛擬角色誕生時具備，也不是在升上2級時習得──

「是在……對戰中……」

黑雪公主深深點頭回答春雪。

「沒錯，必殺技只有升級時才能學會，但特殊能力則不受這個限制。在正常對戰中，又或者是連進無限制中立空間時，也可能透過某種條件觸發。就像一些很老的RPG裡，戰鬥中會突然冒燈泡學會新招式那樣。如果你在『飛行』能力覺醒的瞬間開著系統視窗，應該就可以看到上面記載著新特殊能力的名稱……當然，這種現象很少發生就是了。」

「很、很少……是嗎？」

春雪反射性地複誦完，才想到重點不在這裡。

「不，呃，這所謂觸發條件……具體來說是什麼樣的條件？」

「嗯……我想想，這實在很難用言語說出來……」

黑雪公主沉默了下來，之前一直靜靜聽眾人說話的Blood Leopard代替她說道：

「──『逆境』。」

這短短一句話，讓高等級超頻連線者全都不約而同地點點頭，站在Pard小姐身旁的楓子更是微笑著補充：

「的確。要喚醒新特殊能力，靠的是足以令人絕望的逆境，以及試圖對抗逆境的意志……從這個角度來看，跟學習心念技能的過程有點相似，只是……」

「相較於心念技能是透過想像慢慢磨練出來，特殊能力則始終是透過行動觸發。因此啊，春雪，無論你想像『鏡子』的意志有多麼堅定，依然沒辦法只靠想像就學會『理論鏡面』這個特殊能力。」

黑雪公主對整段講解做出這樣的結論之後，將視線轉向Lime Bell。

「千百合，這樣妳明白特殊能力、必殺技，還有心念技能的差別了嗎？」

「嗯，老師，我完全懂了！」

春雪聽著她活力充沛的回答，自己也重重點頭。

既然想學會新的特殊能力、得到新的力量，就得在逆境中往前邁進，就和八個月前他在黑雪公主沉睡的病房裡奮戰時一樣。正因為這樣，才必須請能使出強力光束攻擊的紅之王協助。對於她發射的雷射，自己必須用五體去承受、抵抗、往前進。若能做到這點，相信Silver Crow一定能夠獲得「理論鏡面」能力。

春雪下定決心，看著Scarlet Rain嬌小的虛擬身體，以及掛在她腰間那把發著光的手槍型強化外裝，開口說道：

常態發動型特殊能力

不消耗必殺技計量表的被動式技能。
不只是升級時，對戰中也可能學會。

Cyan Pile
以「打樁機」突刺。

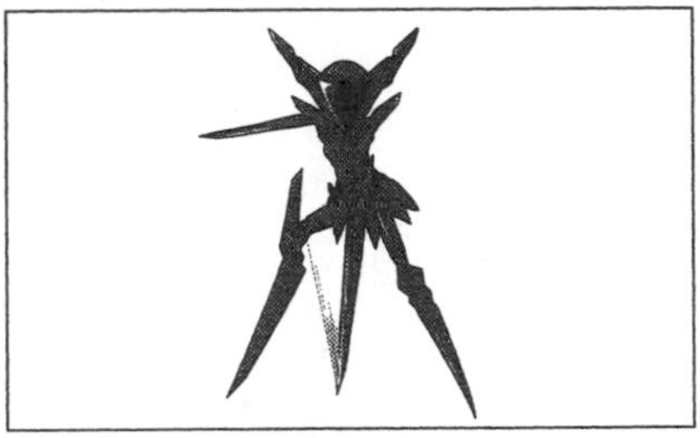

Black Lotus
以「終結劍」一閃。

限定發動型特殊能力

消耗必殺技計量表的被動式技能。
不只是升級時，對戰中也可能學會。

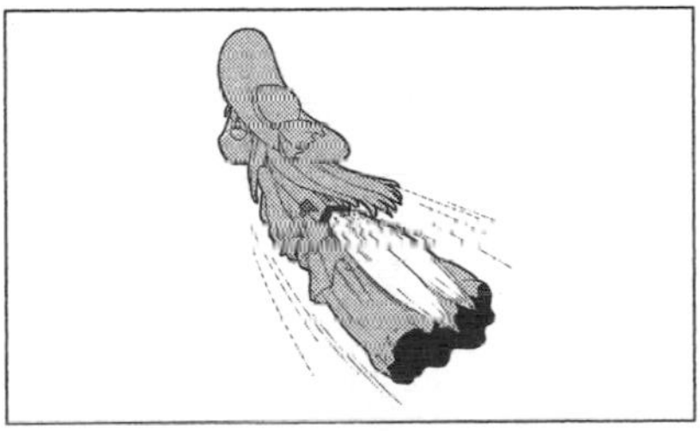

Sky Raker
以「疾風推進器」進行「推進器跳躍」。

Ash Roller
以機車進行「牆面行駛」。

必殺技

消耗必殺技計量表的主動式技能。
只有升級時可以學會。

Lime Bell
以「聖歌搖鈴」使出「香櫞鐘聲」。

心念技能

不消耗必殺技計量表的「覆寫現象」。
有極低機會透過加深「想像」學會。

Silver Crow
以心念劍刃使出「雷射劍」。

「仁子，我沒有問題了，開始吧。」

「喔，你的表情像樣多啦，雖然戴著安全帽看不見就是了。我們就開始實際演練吧。」

紅之王咧嘴一笑轉過身，開始朝寬廣的屋頂正中央走去。春雪看著她的背影，道出幾句有一半是為了鼓舞自己而說的話：

「仁子，不用客氣，儘管用妳那把雷射槍打到沒電為止。」

——這耍帥台詞講得漂亮。

正當春雪內心這麼自言自語時……

仁子由十幾公尺外轉過身來。她發出疑惑的聲音，同時看了看自己腰間的手槍，接著聳聳肩說出春雪意料之外的台詞：

「呃，這玩意兒不能用，因為這不是雷射，是實彈。」

「咦？」這次換春雪發出疑問聲。

「其實，我只有一種光束攻擊。你等一下，我馬上叫來。」

說著，少女抬頭看看昏暗的天空……

「『無敵號（Invincible）』著裝。」

就在仁子輕描淡寫喊出語音指令的下一瞬間，一陣轟隆作響的重低音響起，好幾個巨大的多邊形方塊從仁子背後出現。這些方塊的細節迅速增加，變化為四連裝機關砲、飛彈發射器、厚重裝甲板與氣墊推進器等各式武裝。

體型極小的少女型虛擬角色，轉眼間就被大批武裝貨櫃籠罩住，最後兩門長而粗的主砲從左右合上。她轟然撼動整棟大樓後著地，從各個排氣孔噴出大量白煙，這模樣在在散發出一種足以媲美大型公敵的存在感。這就是紅之王的真面目——「不動要塞」這個外號的本質。

「哇、哇啊啊啊……好、好大——————！」

千百合第一次看到穿上全套強化外裝的Scarlet Rain，不但大聲驚呼，上半身更後仰到不能再仰。只有頭與肩膀從武裝貨櫃群中露出的仁子朝她瞥了一眼，發出既親切又可怕的指示：

「那邊的觀眾最好再後退一點，不然說不定會挨到範圍（Splash）傷害。」

千百合與拓武一路退到黑雪公主等人並排站著的屋頂南側邊緣後，仁子轉回正面，看著春雪說：

「那麼，我們就開始第一發吧？」

聽到這句話，春雪才總算擺脫精神上的暈眩狀態。

「呃，這個，該不會，妳所謂光束攻擊，難道就是這個……」

「沒什麼難不難道，就是這玩意。」

說著，少女還發出鏗鏘作響的帥氣驅動聲轉動右主砲，將巨大的砲口對準了春雪。

「不會吧，不要，等一下，剛開始可不可以溫和一點，還是該先來個體驗課程……」

「我剛剛不是說了嗎？我的光束攻擊就只有這一招。你放心吧，我沒打算用必殺技，只會用普通攻擊。」

這句體貼的話和主砲後方冷卻風扇的轉動聲重合在一起。長而粗的砲管竄出細小的火花，深紅光芒在砲口內的黑暗中不規則閃爍。

「要開始囉，發射前五秒、三、二、一……」

仁子毫不留情地開始倒數，春雪也無計可施，只好擺出雙手在身前交叉的防禦姿勢。

「──開火！」

嗤一聲同樣帥氣得不得了的發射聲響尚未送進聽覺，春雪的視野已經先染成火紅，全身籠罩在一種異樣的感覺當中。在無限制中立空間內受到傷害時的痛覺是正規對戰空間的兩倍，但他感覺到的滾燙卻多於疼痛。由於熱度實在太高，反倒令他覺得身體有些冰冷。

──我要相信，要想像！

春雪一邊抵抗著收斂的光波能量洪流，一邊在內心吶喊。

──我的裝甲是白銀。是所有金屬色之中有著最高反射率的「銀」。只不過是雷射，直接反射回去就對了！我要變成鏡子，變成能反射所有光線的「理論鏡面」。

一道純白的光芒，從滿是深紅色光芒的視野正中央呈放射狀擴散，籠罩住四面八方。壓力與滾燙感都慢慢遠去，只剩意識憑空飄盪。

……啊啊，仁子，我看見光了……我看得到光呢……

春雪似乎聽見仁子以「天使模式」回答他的思念。

……嗯，大哥哥，我知道唷。

……因為大哥哥……正在熔化呀。

「咦？」

就在他發出這短短一聲的零點一秒後，

春雪在嗤一聲小小的音效中蒸發了。

Silver Crow承受紅之王的主砲攻擊共十次。

死了十次，也復活了十次。

黑雪公主等人剛開始還在近處等完六十分鐘的復活時間，但差不多從第三次起眾人就開始閒得發慌，到了第五次乾脆一起獵公敵去了。但春雪也不能怪他們無情。要是立場對調，他也會等得不耐煩，說來反而應該感謝同伴們這麼有心，每隔一小時都會準時回到屋頂。

「…………呃…………」

仁子以有點憐憫的眼神看著第十次復活的春雪，說道：

「……怎麼辦？要繼續嗎？咖哩飯很好吃，所以我是可以再奉陪個十次左右啦……」

春雪已經沮喪到了極點，連開口的力氣都沒了。代替他回答的黑雪公主口氣也不太乾脆：

「唔……我是覺得繼續下去遲早學得會，可是相反的……我也覺得似乎需要從不同的方向嘗試……Raker，妳覺得呢？」

「說得也對……要不要增加逆境的等級？」

「喔？例如說？」

「像是同時承受紅之王的兩門主砲，或是乾脆別用普通攻擊，改用必殺技……」

聽到這裡，春雪立刻抬起原本垂下的頭，猛力搖頭說：

「不不不，這個，麻煩換點別的方法！」

「嗯，這樣啊……不過又有什麼方法可以換……」

——乾脆拿正牌的「大天使梅丹佐」超猛雷射來實地訓練。

春雪下定決心，一旦有人提出這個構想的瞬間就要飛行逃走。所幸拓武似乎看穿了他的心思，在一旁幫他說話：

「軍團長，試了這麼多次都不行，會不會表示只靠『行動』不夠？」

「你的意思是？」

「我想，也許得提升對於想像，也就是對於『鏡子』的理解度……」

這句話一出口，不只是黑雪公主等人，連春雪也不由得納悶起來。

「……阿拓，鏡子不就是鏡子嗎？就只是反射光線的板子……」

「在現實世界的確是這樣，可是在加速世界呢？就像小春你的白銀色裝甲是對你內心世界的暗喻，同樣地，如果這個世界裡有著『完美的鏡面』存在，那一定也是……」

「某種概念的暗喻，是吧？」

黑雪公主說到這裡，更加潛心思索。

這回換成千百合伸直了手，打破這維持了幾秒的沉默。

「我現在才想到一個疑問……」

「嗯，妳說說看。」

「小春要學的特殊能力『理論鏡面』，不是有別人比小春更早學會嗎？去請這個人教……不對，乾脆就請這個人去對付『梅丹佐』不就好了嗎？」

一聽她說完，春雪立刻張大了嘴。

她說得一點兒也不錯。就是因為有超頻連線者學會這種特殊能力，才會有這個名稱，但之前眾人想都沒想過這個人，實在不太對勁——更令他納悶的是，為什麼黑雪公主與楓子一直無視這個方向？

相信拓武也有同樣的疑問。他與春雪、千百合一起看著自家軍團長。

黑雪公主在三人注視下，罕見地低頭迴避視線，朝她右側——站在稍遠處的巫女型虛擬角色看了一眼。

Ardon Maiden平常腰桿總是挺得筆直，但現在也同樣極為罕見地彎腰駝背，以瀏海部位遮住了面罩。這下子春雪才注意到四埜宮學妹今天沒說什麼話，但他也不知道為什麼會這樣。

楓子對一頭霧水的春雪等三人輕輕點頭，開口表示：

「這件事就留待下次有機會再說吧——Pile說得沒錯，我也覺得與其繼續進行更為嚴苛的訓練，不如先由理論層面研究。紅之王、Leopard，我想今天就先散會吧，兩位覺得呢？」

紅色軍團的兩人對看一眼，同時點了點頭：

「我當然是沒關係啦……」

「我也NP(沒問題)。」

「那我們就一起移動到高圓寺站的登出點吧。途中如果有稍微大隻的野獸級公敵，我們就宰了牠，補充一下鴉同學失去的超頻點數。」

5

少年抗拒現實世界的重力，睜開雙眼。

有田家客廳的情形，與他連線前相較沒有任何改變。這也是應該的，畢竟即使在內部過了約十二小時，現實世界依然只過了四十幾秒。

但春雪卻因為雙肩沉重的疲勞感而一時站不起身。從他當上超頻連線者以來，連續「死」這麼多次說不定還是頭一遭。紅之王主砲的雷射威力實在太強，幾秒鐘內就會把Silver Crow蒸發掉，反而沒讓他感覺到太多疼痛與衝擊——但第一次與第十次蒸發所花的時間完全不變，這個事實卻也讓他不得不慚愧。

正當春雪陷在沙發裡垂頭喪氣時，黑雪公主從神經連結裝置上拔掉XSB傳輸線，對他投以溫和的微笑：

「春雪，辛苦你了，你很努力。還有，很抱歉讓你變得這麼悽慘。」

「咦、哪裡，沒有啦……而且到頭來，我還是沒能學會『理論鏡面』能力……」

他含糊地這麼回答後，黑雪公主、楓子、仁子與Pard小姐瞬間交換了眼神，最後由仁子代表眾人開口：

「Crow，老實告訴你吧，我們本來就認為你在今天的訓練裡突然領悟特殊能力的可能性相當低。」

「…………咦？」

「Lotus委託我的工作，不是幫你學會『理論鏡面』，是要讓你親身體驗『光束攻擊』。最近你的預測閃避能力練得太強，在對戰跟領土戰時只有導向飛彈或者彈幕超密的機槍才打得到你吧？」

「嗯、嗯，是啦……」

她說得不錯，最近春雪即使在飛行中，也幾乎能夠完全閃過單發的遠程直線攻擊──也就是雷射或步槍彈之類的武器。對手們也知道這種情形，所以全都懂得準備仁子所說的那幾種火砲，讓他更難碰上雷射。

「什麼嘛，原來大家從一開始就只是為了這個目的啊……那麼小春，你發現什麼光束攻擊的祕密了嗎？」

千百合探出上半身這麼問，讓春雪苦笑著聳聳肩：

「祕密喔……這個嘛，就算同樣是紅色系的大招，光束和射出砲彈或噴出火焰的那些依然完全不一樣啦……」

「是喔？怎麼個不一樣呀？」

這次換拓武大感興趣地提問。

「嗯，我想想。沒有爆炸的衝擊，也沒有燃料燃燒的氣味。就只是一股純粹的能量以非常高的密度湧過來……像我的裝甲，只有剛開始的一瞬間會反射這股能量洪流，可是馬上就會被烤成火紅，就這樣熔化、蒸發……大概是這樣吧。」

「原來如此……不過現實世界裡，記得在所有金屬之中，就屬銀的反光率最高。呃，是百分之多少來著了？」

拓武迅速動手想操作虛擬桌面，Pard小姐卻搶先發言：

「可見光波段平均是百分之九十五。」

「…………妳怎麼會知道這種事？」

聽見自家軍團長問起，身穿水手服的親信一臉認真地回答：

「我想可能會討論到，所以事先查過。網路搜尋要等，我不喜歡。」

「…………原來如此。」

正當眾人心有戚戚焉地想著「真不愧是急性子星人」時，拓武就清了清嗓子說下去：

「……也、也就是說，無論是哪種波長的光，銀這種金屬幾乎都能反射。換個角度來看，就因為這樣，看起來才會是銀色。黃金之所以是金色，就是因為對藍光的反射率很低。然而就算是白銀，反射率也不是百分之百。只要有些微沒能完全反射，剩下的能量就會把Silver Crow的裝甲給加熱、汽化掉。」

「啊啊，原來如此。簡單地說，就是Crow還不夠亮對吧？」

聽到千百合這麼說，拓武頓了一下後點點頭。下一句台詞立刻傳來：

「那就磨亮一點吧。既然如此，唯一的方法就是大家一起打磨！我們拿拋光劑之類的東西幫你打蠟！」

春雪不由得想像起眾人湧向他的對戰虛擬角色，接著七手八腳亂磨一通的光景。他趕緊連連搖頭表示：

「我、我才不要！一定會磨到皮膚超級刺痛的！而且加速世界哪可能有什麼拋光劑……」

「倒也不是沒有。」

黑雪公主認真地點頭，讓春雪不由得當場僵住，所幸她又接了一個否定的接續助詞。

「可是，不管怎麼打磨，反光率應該都達不到百分之百吧。即使提高到百分之九十九，多半還是承受不住Rain的主砲。光是剩下的百分之一，應該就足以讓虛擬角色熔化了。」

「……也就是說，仁子她的光束攻擊就是這麼強啊……」

千百合似乎終於放棄了打磨方案而嘆了口氣，紅之王隨即得意地動了動鼻子。

「還、還好啦。不過在這個等級就能承受我主砲直擊將近五秒的，Crow還是第一個啊，你應該有自信一點。」

「也對。像我上次才被掃到短短一秒，全身裝甲就烤焦了。」

黑雪公主這句話，指的是他們以前共同討伐第五代「災禍之鎧」時，仁子脾氣發作用主砲把Black Lotus連著Disaster一起轟下去的那次。

「嘖，別翻舊帳好不好？反正妳本來就全黑，有點焦也沒什麼差吧？」

聽到仁子冷嘲熱諷，黑雪公主立刻還擊：

「那妳本來就那麼紅，抹番茄醬煮一煮也沒關係吧？下次餐會，我們就吃香辣番茄義大利麵吧。」

「我、我說妳喔，我又不是在講現實世界的事！而且我不敢吃辣的義大利麵啦！如果要吃番茄醬料的義大利麵，吃普通的肉醬義大利麵不就好了？」

「話先說在前面，我不吃墨魚麵。」

「沒人在跟妳講這個好不好——！」

要是放著不管，難保不會演變成王見王的直接對戰，春雪趕緊攔在她們之間。

「兩、兩位別生氣了。如果要吃番茄醬料的義大利麵，我推薦千百合媽媽拿手的海鮮麵，充滿了海鮮的鮮甜味，超讚的啦。」

「…………哦？」

「…………欸？」

兩人似乎開始想像起這道菜的美味，同時安靜下來。於是春雪趁機拉回話題：

「呃，所以阿拓，你是說我的……Silver Crow的裝甲雖然反光率很高，但是還不夠完美，所以遇到威力太強的光束攻擊就抵抗不了？」

「嗯，我是這麼認為。」

軍團智囊讓無框眼睛閃出光芒，對自己提出的說法做結論：

「相信這『理論鏡面』能力，就是能把反光率提升至任何金屬都達不到的百分之百。我在裡面也說過，要學會這個能力，只靠『逆境』跟『行動』多半不夠，從知識中導出的『想像』也是不可或缺的觸發條件。簡單地說，就是得對『鏡子』這種東西有更深入的了解……現在我也只能推測到這裡……」

「──鏡子，是吧……」

春雪細細咀嚼後，重新看了看好友的臉說：

「謝啦，阿拓。我隱約覺得好像找到了方向。」

「是嗎……那就拜託你啦，小春。要把蔓延在加速世界的ＩＳＳ套件連根拔除，就得靠你的力量。」

「嗯……我被『鎧甲』吞沒的時候，也靠了很多人幫忙……這次該換我出力了。」

他與拓武兩個人正相視點頭時——

「好好好，不好意思打擾你們的兩人世界，時間差不多要到了。」

千百合拍拍雙手打斷他們。春雪趕緊「才不是這樣啦！」地反駁，卻發現另一個兒時玩伴不悅的表情裡摻雜著幾分高興的神色，變得更加不好意思。他收拾起桌上的傳輸線做為掩飾，反而逗得黑雪公主與楓子等人都放聲大笑。

兩軍團聯合作戰就在這裡暫時散會。

今天的聚會中並未提到「四眼分析者」——「Argon Array」是有理由的。

昨天會議一結束，春雪當然便立刻向黑雪公主與楓子報告「Argon是『加速研究社』核心成員」一事。兩人鄭重聽完春雪的說法，表示會立刻開始調查，但她們同時也決定要先把這項情報控制在黑暗星雲內，暫時不告訴日珥那兩人。理由在於，一旦仁子與Pard小姐獨自行動，加速研究社的魔手難保不會——不，應該說是極有可能——伸向紅色軍團。

兩人並非不相信日珥的調查力與戰鬥力，但他們畢竟與黑暗星雲不一樣，是個總成員超過三十人的大團體。仁子不可能隨時掌控所有團員的狀況，但這種從軍團基層慢慢滲透的手法，卻正是加速研究社的拿手好戲。

因此，春雪看著準備收拾東西回家的仁子與Pard小姐，為了有事隱瞞而在內心道歉，同時起身送她們離開。

春雪本想送兩人到玄關，但Pard小姐在客廳出口就攔住了他，說「到這裡就好」。據春雪推測，多半是Pard小姐在玄關穿騎士靴會很花時間，所以他也就乖乖地在這裡鞠躬送行。

「那我們改天見啦！謝謝你們的咖哩，要做海鮮麵的時候也要記得找我來啊！」

仁子說完這句話，客廳的門就此關上，走廊上兩個腳步聲漸行漸遠。過了九十秒左右，視野中便浮現決定是否將玄關開關／上鎖的對話框。

又過了幾分鐘，乘同一輛車離開的黑雪公主、楓子、謠一起通過玄關——這次春雪也跟去送行——最後千百合與拓武也回到同大樓但樓層不同的家去。

只剩自己一個人後，春雪立刻感覺到一股強烈的寂寞，不由得小聲嘆了一口氣。

明明是見慣了的自家，他卻感覺白色的壁紙與硬質塑膠的地板變得十分陌生。由於拓武他們幫忙打掃過，因此客廳與廚房已看不見半點十幾分鐘前的嬉鬧痕跡。

春雪朝牆上的類比式時鐘一瞥，發現剛過八點十五分。他從虛擬桌面關掉客廳的空調與照明，輕輕關上玻璃窗，回到自己位於走廊最底端的房間。

四坪大的歐式房間裡，左手邊的整面牆上都設有一體成形的滑動式書架，右側則放著一張半雙人床。這兩種傢俱和國中男生都不太搭，卻是很久以前離婚的父親留下的東西，所以春雪也就繼續使用。

他微微提高設定成暖色系的ＬＥＤ掛燈照度，同時走到面向南邊窗戶的寫字桌前，坐在同樣由父親留下的網椅。他剛開始用的時候，即使把椅面調到最高，書桌桌面的高度依然十分遙遠，現在用起來則像量身訂做的桌椅一樣自然。

春雪雙手放在桌上，執行同樣由黑雪公主親手設計的備忘ＡＰＰ。有一件功課要在明天之前完成，但他早在傍晚就已經和拓武他們合力解決，所以上面標著完成符號。除此之外，下週日就要來臨的梅鄉國中校慶也有一件相關工作要做。招待監護人等親友的申請期限是到後天，但母親不可能來參觀，除此之外他也沒有想招待的校外朋友——

想到這裡，春雪腦中飄過幾張臉孔。

那便是三十分鐘前還見到的兩位紅色軍團玩家，以及隸屬於綠色軍團的老對手。

嚴格說來，倉崎楓子與四埜宮謠也不是梅鄉國中的學生，但相信黑雪公主一定會負責招待她們。

不過，春雪主動邀請日珥與長城的超頻連線者，而且還是邀請她們參加與BRAIN BURST完全無關的校慶，這樣真的好嗎？春雪與她們的關係，終究是以加速世界為媒介。儘管包括今天在內，彼此曾經在現實世界中見過很多次，但每一次都是為了與BRAIN BURST有關的事。

春雪沉吟了一會兒，決定先把這件事保留到明天，於是用右手掃空虛擬桌面。所有視窗就此消失，各種圖示也都迅速退到視野邊緣。

他靠向網椅的可調節椅背上搖啊搖，將思緒轉到另一項「課題」上。

「…………鏡子啊……」

嘴上咕噥出聲的春雪突然思考起自己有沒有鏡子，於是拉開抽屜看看。裡面被不知道存了什麼內容的記憶卡與不知道用來接什麼的線材塞得亂七八糟，但怎麼看都沒有小鏡子，這個房間裡也沒有梳妝鏡或穿衣鏡。

不過他找到了鍍鉻拋光的卡片盒。於是春雪將盒子抽了出來，用T恤的衣角擦一擦，盯著上面銀色的光芒仔細打量……

「喂喂，總該有一面小化妝鏡吧。」

聽到身後傳來這句話，春雪幾乎想也不想就反駁：

「有、有這種東西的國中男生根本是少數吧。」

「咦？照我看來，Pile應該就有啊？」

「阿、阿拓他怎麼看都是少數派…………」

對話很自然地進行到這裡，春雪才發現不對勁。

這不是透過神經連結裝置的語音通話，而是用血肉之軀的嘴巴跟耳朵在談話。這表示談話對象就近在聲音傳得到的距離……

「——！」

春雪以急加速連人帶椅轉身，還不慎用力過度，以致轉了一圈半之後才看清楚六點鐘方向的情形。

厚重的半雙人床鋪著淡綠色的毛巾毯，有個人從毯子下露出上半身，靠在大尺寸枕頭上，笑嘻嘻地甩著綁成雙馬尾的紅髮——她正是剛才應該已經搭大型電動機車回練馬區的「日珥」團長Scarlet Rain，上月由仁子。

「什、什、什、麼、麼、麼？」

春雪像壞掉的語音檔一樣斷斷續續播放「為什麼仁子會在這裡」，一張嘴連連開閉。

如果，她是以另一種手段再度取得有田家的臨時通行碼（Instant Key），在開啟玄關大門時，春雪的視野中應該會顯示出通知視窗。然而，春雪敢肯定眾人回家後絕對沒出現過這樣的視窗。既然如此，她是怎麼打開上鎖的門……

「……啊……難難難不成、仁子，妳根本……沒回去！妳們出了客廳以後就關上門，只有Pard小姐走向玄關，妳卻偷偷溜進我房間，躲在毛巾毯下……我沒說錯吧！」

名偵探春雪卯足全力講出這段破解密室的台詞，然而仁子卻只是一句「不然還能怎樣」就招認，顯得絲毫不當一回事。

「而且啊，你進這房間的時候就該注意到啦。這麼薄的毛巾毯，一眼就看得出我躲在下面好不好？」

「嗚……可、可是，我怎麼會想到有人在……」

「你啊，在恐怖片裡一定是前十分鐘就會被殺掉的類型吧。」

「常、常有人這麼說……不、不對，我不是要說這個！」

春雪大聲反覆呼吸，整理思緒，總算想到接下來該說什麼。

「為、為什麼？Pard小姐當然也有幫忙對吧？妳妳妳為什麼做這種事？」

「就說我已經編造理由拿到外宿的許可，今天不能回宿舍啦。我是為了你們軍團的委託才弄成這樣，你們當然應該負責吧。」

聽她一臉理所當然的表情講出這幾句話，就讓人覺得似乎也有道理。春雪不自覺地頭都點下去了，接著才趕緊連連搖頭：

「可可可是，今天我家老媽會回來啊！我要怎麼跟她解釋？」

「請你介紹應該也很有意思，不過還是下次再說吧。只要我窩在這個房間裡，應該不至於穿幫吧？啊，不過我要先跟你借個浴室，還有替換的衣服。」

「穿幫……浴室……換衣……」

這下子春雪的思考回路終於來不及冷卻，只會不斷重複幾個字眼。仁子就在他眼前掀開毯子蹦下床，順勢走過去打開位於房間北側的衣櫥，從掛在裡面的約十件T恤裡東挑西挑。

「你品味真差耶，就沒有紅色嗎，紅色……喔，就這件好了。」

仁子喀啦一聲，拉出一件繡有義大利機車廠商標的L號火紅T恤，走向房門並說道：

「那麼，我大概要二十分鐘吧～要是伯母這時候回來，就麻煩你想辦法遮掩過去啦。」

房門打開又關上，春雪被獨自留在房裡。

剛剛那一定只是妄想。不對，就算是妄想也有問題，還有是要怎樣遮掩啊？只能再拿其實她是親戚齊藤朋子那招來用嗎？正當這些念頭在他腦袋裡轉個不停時，視野角落亮起了顯示有人正在使用浴室的指示燈。

如果他現在按下這小小的圖示，從開啟的家用伺服器操作畫面執行緊急模式，要叫出浴室的監視視窗也是辦得到。但這種事他當然連想都不會去——不，想是想了，但春雪立刻駁回，深深嘆了一口長達十秒的氣。

也不知道算不算幸運，雖然仁子洗澡的時間比她當初的預告多了五分鐘左右，不過並未發生春雪母親正好在這時回家的悲劇。

「呼～這裡的浴室果然很寬啊！」

紅之王說著這樣的話回到房間。春雪正打算把一瓶剛從冰箱拿出來的礦泉水扔給她，卻在即將出手之際撇開了視線。他的控球因此失準，但在水瓶即將砸到書架之際，仁子輕巧地伸手接了過去。

「好險喔。你好歹也先看清楚再丟吧！」

「我、我哪能看啊！妳才該先把衣服穿好！」

春雪以破嗓的聲音這麼喊完，仁子便低頭看看自己，接著攤開雙手，像是在講「你在說什麼呀？」

「我明明就有穿啊。」

少女的確穿了衣服，但她只穿著一件從春雪衣櫥裡徵收的紅色T恤，雪白的雙腿就這麼從衣襬下露了出來。T恤尺寸很大所以遮得到膝蓋上端，但她之前穿的T恤、牛仔短褲之類的衣物全都拿在手上，T恤底下的情形也就可想而知。

「妳、妳明明就少穿了很多東西吧！」

看見春雪以雙手遮住七成左右的視野再度反駁，仁子輕笑了兩聲，做出了將衣角拉起三公分左右的舉動。

「你嘴上這麼說，其實戀足癖已經發作了吧～？嗯～？」

「才、才沒有……！我我我，我才沒有這種興趣！」

「不然你是戀什麼癖？」

「呃、呃呃，這個……」

春雪停止動作，腦內螢幕亮了起來。令人費解的是，這個螢幕上顯示出來的畫面，時而是

Black Lotus刀劍狀的腳、時而是Sky Raker穿著高跟鞋的腳，有時卻又是Blood Leopard那有著野獸外型的腳。春雪不由得大喊「這是什麼鬼興趣！」並亂揮雙手甩開這些畫面。

看見春雪這種模樣，仁子卻露出天使模式全開的微笑說：

「大哥哥好奇怪喔♪」

接著她一句「謝謝你的水！」後就轉開瓶蓋，大口喝了起來。

看見少女任由濕漉漉髮尾垂下的模樣，春雪不由得心跳加快。接著他才在心中唸咒似的反覆咕噥「她是紅之王她是紅之王」。

仁子一口氣喝掉半瓶水後大聲喘了一口氣，隨即把瓶子和衣服一起放到邊桌上，整個人往後跳到床上。她躺在成年人用的床上，顯得實在太嬌小，讓春雪的心跳又以和先前不同的方式加快速度。

仁子呈大字形攤開纖細的手腳，閉上眼睛足足一分鐘以上。春雪心想不知道她是不是睡著了，又擔心起自己該睡哪裡才好，卻忽然聽到她平靜的嗓音：

「……如果不想做，你大可退出。」

「…………咦？退、退出什麼？」

「就是不當『梅丹佐』攻略戰的先鋒。老實說，我很氣那些王。也不想想直到今天的會議之前，他們都想懸賞你，可是等到沒了根據，馬上又說什麼要你去學『理論鏡面』，這怎麼想都太得寸進尺了吧？他們……尤其是紫色跟黃色那幾個，一定覺得即使你遭到梅丹佐無限ＥＫ也沒關係……」

仁子說話的口氣充滿壓抑，但裡頭卻含著深沉的憤怒——以及某種擔憂，讓春雪一時之間答不出話來。

忽然間，一個聲音迴盪在耳邊。沒錯，上週的七王會議之後，仁子就突然出現在這個家。離開前她還對春雪這麼說……

——我說啊，春雪大哥哥，如果我們之中有一個……甚至兩個都失去了BRAIN BURST，想必會把對方忘得乾乾淨淨吧…………

——所以，我們做個約定吧。如果哪天在神經連結裝置的聯絡簿裡，看到了沒印象的名字，刪除記錄之前要先寄一封郵件過去。這樣一來，搞不好，就能再一次…………

「……仁子。」

春雪總算開了口，床上少女聞聲微微睜眼。春雪看著她眼瞼下發出深綠色光芒的雙眸，繼續說道：

「呃……謝、謝謝妳，可是我不要緊的。我也親眼看過梅丹佐的雷射，那招的威力實在太強，反而沒辦法接近到會陷入無限ＥＫ的距離。而且，Iron Pound請我擔任先鋒這件事……雖然讓人有壓力，卻也讓我覺得有點高興。因為……因為……」

春雪正拚命尋找該說的話，卻發現不知不覺之間，仁子的視線已經筆直注視著他。她稚嫩的臉上兼有稚氣與深沉的思慮，讓春雪再度意識到她果然也是「王」。

「……因為，雖然大家都說我是加速世界唯一的完全飛行型角色，但這不也等於在說我是異類嗎？就算我不是黑暗星雲的一員，對很多超頻連線者來說，我依然是要去攻略的異類……換個角度來看，跟公敵也挺像的。可是……我覺得昨天Pound兄就是一視同仁，把我也當成超頻連線者看待。這還挺讓我驚訝……不對，該怎麼說……真的是很不得了的事情。所以……所以我……」

春雪以生硬的語氣勉力說到這裡，卻再也說不下去。

——所以我想到……

——如果，我能在這次的「梅丹佐攻略戰」裡盡到先鋒的職責，說不定，就可以促使黑雪公主跟敵對已久的五個王拉近距離。就像仁子和學姊也當上了朋友那樣。

仁子彷彿完全看穿了春雪的心思，露出一種溫和、透明，卻又帶著少許悲傷的笑容。

「……這樣啊。既然你想得這麼多，我也不會再阻止你。不過……你可千萬要小心，敵人不是只有梅丹佐一個喔。」

「咦……？這話怎麼說……？」

「你還記得我上週說過的話嗎？」

突然聽她這麼問，春雪連連眨眼，接著以含糊的聲音回答：

「呃、呃……嗯。就是這個……如果在神經連結裝置通訊錄看見陌生的名字……」

他說到這裡，仁子的臉立刻變得和她穿的T恤一樣紅，一個大枕頭呼嘯生風地飛來，接著春雪就隔著他用臉接住的枕頭聽到尖銳喊聲。

「不、不、不是那個啦！不、不對，那句話當然也不能忘……我不是說這個，是再前面一點的！」

「前、前面……？」

春雪雙手抱住從臉上掉落的枕頭，再度確認起記憶。結果，一個不可思議的字眼從他的腦海中復甦。

「啊、啊啊，妳是說那個……呃，是說Ori……『Originator』是怪物……？」

「對，就是這句。」

仁子點點頭，隨即換回認真的表情，春雪維持抱緊枕頭的姿勢吞了吞口水。

「我在上週的會議上沒出息地被嚇呆了，可是這次我仔細測量過每一個王的『資料壓』。畢竟我雖然不像『分析者』那樣有專用的特殊能力，但我好歹也是紅色系的，眼睛有附一點掃瞄功能。」

分析者這個詞讓春雪差點不由自主地起了反應，但他勉強忍住，針對另一個地方問：

「掃、掃瞄……？是說可以透……透視之類的？」

「你白癡啊？是熱源掃瞄，或是風向掃瞄這一類的啦。只要好好應用，用點力就能看到超頻連線者累積的記憶資料量。該怎麼說……就像有一股強大的重力扭曲空間那樣──在會議上頭，周身所發出資料壓明顯超過其他人的，首先就是……綠之王Green Grandee。」

仁子豎起一根手指，說出一個多少在春雪預料之中的名字。

四天前那一晚，春雪在與「災禍之鎧」同化的狀態下與Grandee劍盾交擊。那一瞬間，這個王在加速世界度過的龐大時間一部分──儘管只是極小的一部分──流進了春雪心中。

「嗯……我也隱約覺得綠之王跟其他王不太一樣……」

「畢竟他不但不說話，甚至不跟人對戰啊。」

仁子微微苦笑，隨即正色多豎起一根手指。

「然後第二個……是藍之王Blue Knight。」

「咦……是他？我倒覺得他在幾個王裡算是很和善的了……」

「畢竟他說話的語氣跟態度都還挺和善的。不過啊，那可未必是他的『本性』喔。雖然這件事我也是輾轉聽來的……」

仁子說到這裡顯得有點猶豫，之後才壓低聲音說下去：

「……聽說Lotus砍下上一代紅之王Red Rider的首級時……氣得最瘋的就是藍之王。據說他像變了個人似的瘋狂攻擊，不只是建築物，連地面都被他一刀兩斷。」

「…………地、地面基本上不是不能破壞的嗎……？」

「所以我說是謠傳啊。可是，我實在不能肯定昨天會議上當議長當得一派輕鬆的Knight，究竟是不是真正的他。我想，他多半就跟綠之王一樣是沒有『上輩』的超頻連線者……也就是『Originator』。」

「……Origi……nator……」

春雪輕聲複誦這個不只是仁子，連綠之王也曾親口說出的字眼。「上下輩」關係是超頻連線者最先擁有的情誼，上輩把自己知道的一切傳授給下輩，下輩為了回應上輩的期待而努力。就是因為有這樣的情誼，超頻連線者才能深深愛上加速世界，至少春雪是這麼理解的。畢竟如果沒有「上輩」，除了自己以外的超頻連線者全都會是「敵人」。

「……雖然我的『上輩』已經不在了，但我到現在還是很慶幸自己是Cherry的『下輩』。他教了我很多重要的事，到現在都還留在我心裡。」

仁子輕聲細語地這麼說完，用右手拍了拍穿著紅色T恤的胸口。

「可是，也就是因為這樣，我才沒有辦法想像。沒有辦法想像對於第一批超頻連線者……對於Originator來說，加速世界到底是個什麼樣的地方……我無法想像沒有上輩、沒有軍團，只能互相對打來爭奪點數的加速世界，會是什麼樣的情形……」

春雪當然也無法確切想像那是什麼狀況，但他仍然隱約感受得到。因為，直到幾天前還與春雪同化的「災禍之鎧」，就是由兩位Originator太過深切的愛與悲傷塑造而成。

「……即使在那樣的世界……」

春雪看著盤腿坐在床上的仁子，小聲說：

「就算是在只有打鬥的世界，相信一定也有超頻連線者能夠透過對戰交心。就像我跟仁子這樣。」

「…………………」

仁子聽完，露出猶豫著不知道該大喊還是該再度進行遠程攻擊的表情，之後才微微苦笑。

「……也對。Originator裡面，說不定也有幾個像你這樣的傢伙……話題扯遠了，總之照我看來，綠之王跟藍之王的本性都是深藏不露，像紫色跟黃色倒還老實多了。」

「那麼……會議上就只有他們兩個是Originator……？」

聽春雪這麼問，仁子低頭看著自己還是把食指與中指的右手，動了動拇指兩三次，彷彿不知道該不該多加上一根手指。

「…………嗯，大概啦。可是……搞不好……」

「咦……？」

「沒有，沒事。總之我要說的是，對付梅丹佐的時候，要小心你的背後。對黑暗星雲充滿敵意的不是只有紫色，沒人知道綠之王跟藍之王腦子裡在打什麼主意。」

「嗯、嗯，我知道了，謝謝妳替我擔心，仁子。」

春雪低頭道謝。於是紅髮少女得意地笑了笑，讓嬌小的身體躺到床上。接著她大大打了個呵欠，右手輕輕揮了揮。

「我要睡了，枕頭還我。」

「明、明明就是妳丟過來的……」

春雪嘀咕之餘還是乖乖站了起來，把枕頭塞到仁子抬起的腦袋下面，順便問出從幾分鐘前就一直懷抱的疑問：

「……那麼，我該睡哪裡才好？」

仁子卻雙手把枕頭按在腦後，同時往左滾動，就這麼閉著眼睛說：

「大哥哥，晚安……」

這麼一來，床的右半邊必然空出一塊空間，但這並不表示春雪能朝這邊衝鋒陷陣。

「呃……總、總之我也先洗個澡再說……」

他含糊地這麼嘀咕，暫且保留要在哪裡睡覺的問題，快步逃出房間。

二十分鐘後，春雪從浴室回來一看，發現仁子已經發出小小的可愛打呼聲。

春雪從邊桌上拿起喝了一半的保特瓶，把已經不冰的水全部喝掉，開始檢討該怎麼善後。找另一條毛巾毯去客廳沙發上睡，應該是最紳士的方法，但母親一回家就會被發現。而且要是母親問到理由，他又只想得到「我房間鬧鬼」這種爛藉口，而且怎麼想都不覺得這個理由可以說服母親。不過話又說回來，直接睡在自己房間的木頭地板上又太悲慘了。

「……………雖然是另一個軍團的，不過好歹也是王的命令……」

春雪喃喃自語，藉此勉強跨過道德倫理的門檻，下定決心跪上床邊。他盡可能與仁子保持最大距離，在最邊緣的地方轉換成仰臥姿勢，接著將LED燈換成小夜燈的亮度。

即使處於這樣的狀況，春雪一籠罩在淡橘色的昏暗光線下，依然立刻就覺得眼瞼變得沉重起來。就在他即將落入夢鄉之際──

卻聽到原以為已經熟睡的仁子輕聲說：

「我猶豫了好久，不過還是告訴你吧。」

「咦……………告、告訴我什麼……………？」

「你要學的『理論鏡面』啊，上一個有這項特殊能力的人……」

接下來這句話，春雪幾乎是在夢中聽見的。

「……名字叫做『Mirror Masker』，是Ardor Maiden的……『上輩』。」

6

「嘻————哈————！」

V形雙汽缸引擎的轟然巨響，與這尖銳的呼嘯聲同時從背後傳來。

儘管春雪根本沒有時間回頭，仍然感受得到輪胎於離雙腳腳尖只有幾公分處高速轉動的熱氣。他雙手往前直伸，使盡雙翼的推力拚命逃跑。

六月二十五日星期二，早上七點五十分。

杉並區高圓寺南一丁目，又稱「杉並第二戰區」，此時正在進行最近已經逐漸變成慣例的對戰。綠色軍團（長城）Ash Roller VS黑色軍團（黑暗星雲）Silver Crow——簡稱「Ash Crow戰」。雖然不是每天早上都打，卻已在不知不覺間發展出一套規矩，也就是在隔日——週二、週四、週六——的早上，由上次打贏的一方向對方挑戰。

機車騎士Ash與飛行角色Crow的對戰，經常前半段是在地上高速格鬥，到了雙方必殺技計量表累積得差不多的後半則很容易演變成空中三次元戰鬥。兩人的交手不但可看性高，視覺上也很華麗，所以最近追蹤這組對戰的觀眾也愈來愈多。一想到這些觀眾特地在上學途中等著觀戰，春雪也不由得愈打愈起勁，希望讓觀眾看到「精彩刺激又開心的對戰」，然而……

今天的氣氛卻從開打時就不太一樣。

Ash Roller莫名地鬥志旺盛……或許該說根本已經進入骷髏面罩嘴角噴煙的狂暴狀態。

「喂——！你這臭烏鴉給我停下來！」

春雪以慘叫回答背後追來的怒罵。

「我、我才不要！停下來會被追撞好不好！」

「哪可能從後頂一下就了事！看我搞出人身事故扣你九分！」

「這、這不對吧，要扣分也是扣在Ash兄的駕照上啊！」

兩人在環狀七號線往西偏出的一條住宅區道路上衝刺，從右邊的教堂與左邊的圖書館——當然這兩棟建築物都不是原來的模樣，換成了由無數金屬管線組成的異樣外觀——之間飛馳而過。二十名左右的觀眾設定成自動追蹤戰場模式，陸續從前方的建築物屋頂出現，等他們兩人通過後又消失無蹤。

春雪看見前方有個較大的路口，於是將虛擬身體往右傾斜，擺出銳角迴旋的姿勢。

他先靠向道路左方，以幾乎用盡每一寸空間的外、內、外路線過彎，接著往路口前方十公尺處的電線桿上一踹，藉由反作用力轉向。Silver Crow於翅膀前端在路面上擦出火花的同時，一個右迴旋穿過了路口。

「唔喔……！」

外側的牆壁立刻逼近眼前，春雪拚命收緊下巴與腹部來對抗離心力。他成功穿越只剩幾公分的空隙，並於恢復直線飛行的同時鬆了一口氣。

剛剛那一下過彎是自己的超水準表現。Ash包括機車在內的質量足足有Crow的好幾倍，想必無法用同樣的速度過彎。必須要趁這個機會拉開距離，一舉扭轉在前半接近戰中被壓著打的戰局——

……喔喔喔喔喔！

春雪的思緒被觀眾的歡呼聲打斷，猛然回頭一看。映入眼簾的是發出爆炸火球而崩塌的大型建築物……以及從火球下方猛然穿過的美式機車輪廓。來者左右閃過接連掉落的斷垣殘壁，幾乎完全不受損傷就回歸到了春雪所飛的路線上。

Ash多半是看出自己彎不過路口，乾脆以機車上配備的飛彈破壞右方近端的的建築物，強行開出一條捷徑。

「這……這————！」

春雪不由得大聲驚呼，趕緊重新加速，但慢下來的速度沒有這麼容易恢復。引擎聲轉眼間就逼迫到背後，這次前輪更碰上了Crow的腳尖。唰一聲沙輪機似的噪音響起，體力計量表被狠狠削下一段。

「好燙好燙好燙！你、你、你今天幹嘛這麼拚命啊！」

春雪在慘叫聲中問出這個問題——

Ash Roller卻丟出一個令他意想不到的回答。

「那還用Saying————！都怪你！竟然把大爺我可愛的妹妹！從咖——哩——派——對——裡排擠出去啊啊啊啊！」

「什……什麼啊啊啊啊？」

春雪在過度震驚下失去平衡，因此腳尖又被輪胎削到。他拚命地撐著不讓自己被拖到路面上，好不容易才重新拉開距離。

春雪飛過右側並排那許多間外觀可怕的寺廟，拚命運轉腦袋。

Ash所說的「咖哩派對」，指的肯定就是昨晚眾人在有田家舉辦的自製咖哩餐會。而他所謂「可愛的妹妹」，指的則是Ash Roller在現實世界中的「本尊」，也是倉崎楓子的「下輩」日下部綸。

至於Ash為什麼會稱自己在現實中的本尊為妹妹，這當中有許多複雜到了極點的原委，春雪也不能說完全了解。大致上就是綸這個少女擁有兩具神經連結裝置，安裝了BRAIN BURST的那具，本來屬於因為機車車禍而昏睡至今已數年的哥哥日下部輪太。

她只有佩帶哥哥的神經連結裝置時，才能當上超頻連線者。然而，出現在加速世界當中的

Ash Roller這個對戰虛擬角色所具備的人格，卻認為自己不是綸，而是輪太。這當中到底是以怎樣的邏輯運作，春雪根本無從推測。

但有一點他敢肯定——那就是Ash哥哥非常溺愛妹妹綸，還有就是現在這一瞬間，他認定春雪欺負自己的妹妹而大發雷霆。

「不、不、不是啦！」

兩人正在高速移動，所以觀眾應該聽不見他們的談話，但春雪仍然壓低聲音拚命辯解：

「昨、昨、昨天的聚會有其他軍團的人來……所以不方便找令妹……」

「藉口No, thank you——！那你錯開時間不就No Probleming了！」

「我、我實在沒那個時間啊！而、而且師父明明就跟令妹說過，請她諒解了吧……？」

「你這小子！我妹Word答應，Heart卻在哭泣！這種心意你就Never不懂嗎——！」

憤怒的咆哮與唰一聲不吉的金屬聲響重合，讓春雪朝身後瞥了一眼。

美式機車的前輪架兩側，各加裝了一個頗粗的筒狀零件。其中一邊已經空了，但另外一邊卻還裝填著前端尖銳的對地對空兩用飛彈——彈頭上紅色的鏡頭鎖定了春雪，頻頻閃爍。

「咿、咿——！」

春雪發出不知第幾次的慘叫。他的人已經在飛了，雙手卻還做出捷泳的動作猛划空氣。

只要垂直上升衝進遮蔽天空的烏雲裡，應該就能避開飛彈的瞄準。但他不能這麼做，因為這裡是自然系．風屬性的「轟雷」場地。無數雷電在雲層裡頭縱橫交錯不說，只要稍微提升高度，就會挨上一記毫不留情的雷擊。Silver Crow屬於飛行型，而且裝甲材質還是導電率最高的「銀」，「轟雷」可說是最不利於他的場地屬性之一。

當然，如果在這麼接近的狀態發射飛彈，Ash也不會沒事。然而Crow的體力計量表只剩一半，Ash還剩七成以上，就算被爆炸波及而受到傷害也還撐得住。而且現在的Ash大哥腦子裡，多半根本就沒在想這些東西。

——既然如此！

春雪將聽覺集中在背後「嗶嗶嗶嗶嗶」的鎖定音效上，同時算準時機。

「臭烏鴉，看我轟了你！『咆哮重機（Howling Panhead）』！」

就在招式名高聲響起的瞬間，春雪翻轉身體，以背向飛行的狀態雙手大動作張開。

「必、必必必必殺！空手入飛彈——！」

春雪在一陣破嗓的嘶吼中，用雙手夾住剛發射出來的飛彈側面。他搶在飛彈點火而產生推力前的一瞬間，大喝一聲將飛彈的搜索頭轉往正上方。

Silver Crow一放手，飛彈便拖著白煙開始垂直往上飛。觀眾們看見這出人意料的光景，不禁大聲歡呼。

這是反擊的大好機會，但春雪還是忍不住繼續望著不斷上升的飛彈，Ash與觀眾也同樣地仰望天空。白色的飛彈……不，應該說是火箭，在無數道視線下，轉眼間接近了上空的黑雲。

接著，它被空中落下的好幾道雷電擊中，啪的一聲碎裂四散。

「…………啊。」春雪低聲驚呼。

「…………Ｏｈ。」Ash發出惋惜聲。

緊接著又有更多雷電沿著落下的飛彈碎片直線湧向地面，將正下方的兩名超頻連線者籠罩在紫色的閃光當中。在兩個人不約而同發出的「噗嘎啊——！」聲中，兩個骷髏輪廓劇烈地閃爍著。

「…………呼…………」

春雪結束對戰回到現實世界後，靠在高圓寺陸橋路口的天橋欄杆上，呼出一口長氣。

「……從那種狀況打到平手，應該算是很努力了吧……」

他這麼說服自己，並把今天學到的知識寫進腦子裡的「對戰筆記」。在「轟雷」屬性下，若把容易毀壞的金屬物件拋向空中，有可能會引發落雷；另外，飛彈類武器剛發射出來時，有機會改變飛彈的軌道。

「……真的還有好多我不知道的事情……」

——無論是對戰的技巧，加速世界的歷史。

春雪在心中補上這麼一句話，又嘆了一口氣。

今天早上，紅之王仁子光明正大地從母親安睡的寢室前走過，就這麼回到練馬區去。昨晚她朝才剛要睡著的春雪意識中，輕輕丟下了一項情報……

特殊能力「理論鏡面」的創造者，乃是一位叫做Mirror Masker的超頻連線者，更是黑暗星雲四大元素之一——Ardor Maiden的「上輩」。

這件事他一時之間難以置信。如果這是事實，那麼黑雪公主、楓子，還有謠，為什麼一開始不告訴春雪他們呢？但仔細一回想，就覺得昨天黑雪公主等人談到這件事時，確實有些吞吞吐吐。如果說，是有什麼原因讓她們不方便開口，相信一定是和軍團……不，說不定是和謠個人的過去有著很深的關連……

「……今天就直接跟四埜宮學妹問個清楚吧。」

春雪說出口，下了決心。如果有理由不該透露，相信仁子根本就不會告訴春雪。相信仁子一定是想透過這項情報推春雪一把。

朝視野角落顯示的時刻一看，已經快要七點五十五分。雖然還不需要擔心遲到，但春雪仍然開始小跑步。但他正要跑下天橋時，卻在環狀七號線大道上發現一輛往北行駛的大型ＥＶ公車，於是再度停步。

說不定，Ash Roller的本尊日下部綸就坐在這輛公車上。她說每次打完「Ash Crow戰」，都會從公車車窗仰望天橋，並多次看到春雪就站在那兒，所以才認出了Silver Crow的本尊。雖然這種洩漏現實身分的方式實在糊塗得可以，但既然都露相了，事到如今再躲躲藏藏也沒有意義。

春雪就站在天橋正中央，看著從下方道路接近的公車。他腦中想著「但願剛剛那一場對戰多少消融了那位哥哥的怒氣」，同時就這麼等待公車開過去——結果公車打了往左的方向燈，並於位於路口北方不遠處的公車候車區停下。

高圓寺陸橋下的公車站牌，離車站與學校都不近，所以平常往往會直接開過去。正當春雪好奇地打量時，公車很快又開走了。只有一個女學生下車，而春雪對她的制服並不陌生。

女學生從地上筆直仰望說話口吃的春雪，右手微微揮動，接著開始小跑步移動，春雪也趕忙跑向靠她這邊的電扶梯。

「…………啊，綸、綸綸綸……」

春雪用前傾姿勢跑下電扶梯，在天橋腳下著地，於是少女也加快移動速度。她快步奔跑，卻在途中絆了一跤，亂揮雙手恢復平衡之後，才才好不容易到達春雪面前。

兩人隔著一公尺左右的距離對望，一時之間說不出話。呃～是該先對剛剛那場對戰說些什麼？還是該道歉沒能招待她參加昨晚的咖哩聚餐？不不不應該先道早安——正當春雪腦中轉著這些念頭時……

「那、那個，剛才，家兄真的，說了很失禮的話……」

少女輕聲開了口，緊接著稍有捲翹的短髮就猛然下降。

「咦，哪裡，不會啦，倒是我才該說昨天很對不起！」

春雪也不認輸地鞠躬，兩人的頭頂當場輕輕撞在一起。春雪惶恐地心想「哇這樣根本不是道歉，變成在攻擊了」，於是趕緊猛然拉回上半身，結果又差點往後一倒。

日下部綸伸手抓住春雪的書包，讓他恢復平衡之後，才淚眼汪汪地微微一笑。

綸說，她之所以下了公車，是為了對剛才對戰中Ash Roller的言行道歉。這麼一來，她當然得搭下一班開往澀谷的公車，所以春雪提議回到公車站牌處聊聊。

「請問，你，趕不趕時間……？」

「沒關係，離校門關閉還有一段時間。」

春雪說話的同時，也不忘查看顯示在視野當中的公車行駛資訊。看來下一班公車會準時在四分鐘後開到。雖然不能聊太久，但至少夠鄭重道歉。

春雪轉身面對還抓著他書包邊邊的綸，慎重地又鞠了個躬。

「日下部同學，昨天真的很對不起。我也很想邀妳參加……不過，再怎麼說也不能讓妳跟日珥的幹部在現實世界中碰面……」

「哪、哪裡，這些原因，師父都好好解釋過，我也能……接受。可是，哥哥他卻擅自對你那樣……」

綸小聲說到這裡，淚眼度再度增加。她的脖子上戴著一具稍微大了點的金屬灰配色神經連結裝置，裝置外殼上有一條閃電形的裂痕。

這裝置屬於綸那位曾經當過機車賽車手的哥哥輪太。她說，只有佩帶這具神經裝置的時候，自己才能夠以超頻連線者的身分「對戰」。不過，等對戰完取下這具裝置並換回自己的神經連結裝置後，對戰時的記憶就會淡去，過個半天就會幾乎忘記，彷彿都是南柯一夢。

換個角度來看，這也就表示現在的綸對於Ash在剛剛那場對戰中所說的話、所做的事，都還記得很清楚。

「啊、啊哈哈，妳有個好哥哥啊。偶爾來一場那樣亂來的對戰也不錯啦。而且戰鬥結束得很華麗，觀眾也都看得很高興呢。」

「真的……嗎？」

被這對帶著點灰色的眼睛淚眼汪汪地凝視，春雪的呼吸心跳體溫實在沒辦法不上升。畢竟日下部綸在短短五天前，就曾經於兩人完全貼在一起的狀態對春雪說──她喜歡春雪。

……………不、不過那是因為當時情況危急，我正打算帶著「鎧甲」同歸於盡。說起來就像是戒嚴令下的緊急狀況，平時軍隊還是會回歸國家化。

春雪用這些莫名其妙的腦內台詞讓自己冷靜下來，連連點頭說：

「真、真的。我最期待的就是跟Ash兄交手。畢竟我們的勝率剛好是五成，而且也因為彼此熟悉，才能事先設想很多戰術。」

「…………是……這樣嗎？」

春雪覺得看到深深低頭的綸那小巧的嘴唇，動成「我好開心」的形狀，不由得心臟又劇烈加速。

問題是，只要綸的情緒劇烈起伏，加速世界的Ash大哥記得這件事的機率就會變得很高。要是再這樣對望下去，難保下次對戰他不會又狂暴起來罵「你這臭烏鴉竟敢對我老妹出手！」話又說回來，像這次沒找綸參加，大哥竟然也有得生氣，說來實在很沒道理……

這時候，春雪忽然想起一件事。

「啊……對了，日下部同學。」

「……什麼事？」

綸抬起頭來，春雪奮力裝出不經意的態度問說：

「下個星期天是我們學校的校慶……如、如果妳有空的話，要不要來參觀？我的招待名額還有剩。」

綸聽了立刻表情一亮，但她隨即又莫名地以更加微弱的聲音說：

「這樣……好嗎？那個，我很想去，非常，想去。」

「是、是嗎？那太好了。」

春雪笑著點頭回應，背上卻冷汗直流。「主動邀請女生」這件事，對春雪來說乃是現實世界中最高難度的任務。就連邀請從出生就認識的千百合一起在放學後搭檔對戰，他都得事先花上三十分鐘來做好心理準備。

所幸通知公車抵達的圖示正巧在這時跳了出來。朝路上一看，那淡綠色的大型車身在成排的小客車中顯得鶴立雞群。

「那……那詳細情形我晚點再傳郵件給妳。幫、幫我跟妳哥哥問好。」

最後這句話既是留給加速世界的Ash Roller，也是要給綸每天放學後都會去探望的現實世界中的日下部綸太。綸似乎聽懂了這句話的意思，點點頭說「好的」，隨即依依不捨地放開了春雪的書包。

她正要朝慢慢駛近的公車走去，卻突然停下腳步，丟出令春雪意想不到的最後一句話。

「那個……我想，下次要把機車的飛彈加裝到四顆……你覺得呢？」

春雪縮緊脖子，但還是勉強擠出笑容回答：

「這、這主意應該不錯，非常不錯。」

綸聽了之後露出燦爛的笑容。她輕輕揮了揮手道別，這才搭上停下來的公車。

春雪目送在低沉馬達聲中開走的大型車輛，又吐出一口很長很長的氣。

昨晚他也有些煩惱，不知道該不該邀請綸參加與BRAIN BURST完全無關的校慶，但想到這是為了抒解Ash的怒氣，或許也不算沒有理由。畢竟再怎麼說，他如今也是大軍團「長城」裡不折不扣的中堅團員，和他保持良好關係也是個重要的任務。絕對沒錯。

唯一的問題就是——梅鄉國中的校慶，並非只在現實中的教室與體育館進行展示或發表，同時也鼓勵在校內網路進行全感覺連線活動。要讓她們真的在校慶裡玩得盡興，就不能不讓她們連上校內網路，但允許其他軍團的超頻連線者進入校內網路，對於軍團的安全總是有些小小的問題……

「…………不過，反正我們黑暗星雲軍團的每一個人，都已經在日下部同學眼前露過臉啦……」

所以春雪做出這應該No Probleming的結論，再度沿著電扶梯跑上天橋。

春雪在關門的五分鐘前跑進校門，走進二年C班的教室一看，拓武與千百合已經出現在自己的位子上了。

劍道社與田徑隊的東京大賽近在七月中旬，兩人為了參加晨間練習，上學時間都比春雪早了一個小時以上。放學後，兩人也是先參加完社團活動，才參加軍團的作戰，老實說春雪不免擔心他們會不會太累。

但兩名當事人卻不約而同地表示，加速世界累積的經驗在社團活動也派上了用場。這當然不是指他們在比賽中動用「加速」，而是指專注力與心理層面等精神面的正向效果。拓武就常常說，只要想起跟Dusk Taker那場決戰，無論比賽中對上什麼樣的高手都不會怕。而聽到曾是Dusk Taker的能美征二，如今成了被拓武加強磨練的梅鄉國中劍道社一年級社員，春雪也不由得覺得有些五味雜陳。

春雪也不是不想把在BRAIN BURST鍛鍊出來的能力拿到現實世界中發揮，但他參加的不是運動性或學藝性社團，而是飼育委員會，所以實在很難做到。而且，他反倒覺得養在飼育小木屋裡的白臉角鴞「小咕」，教會了自己在加速世界飛行應有的心態。

——無所謂啦，我的目標是跟學姊一起看到BRAIN BURST的結局。在加速世界進行的所有對戰、花的所有時間，全都只是為了這個目的。學習「理論鏡面」，攻略大天使梅丹佐，破壞位於東京中城大樓內部的ＩＳＳ套件本體，這些當前的目標，最終都是為了通往這遙遠的地平線，這點萬萬不能忘記。

春雪一邊這麼說服自己，一邊走到座位上，預備鈴聲正好在這時響起。

導師菅野從前門進來，值日生喊出起立口令。春雪拉回差點飄向加速世界的思緒，和同班同學齊聲喊「老師早」。

7

先喀啦一聲打開。

迅速往裡頭看一眼，再啪的一聲關上。

春雪反覆進行這一連串動作將近十次，這才低聲「唔」了幾聲。

他人在梅鄉國中後院西端飼育小木屋前，坐在一張本週才新設置的木製長板凳上。板凳並不新，是沉睡於第二校舍倉庫長達十年以上的舊貨，不過做工十分牢固。這是學生會副會長閣下華麗地操作校內伺服器上用品清單後賜給飼育委員會的。由於頭上有樟樹的枝葉遮著，即使下點小雨還不至於弄濕。

小木屋內鋪的紙張已經換好，洗澡用的盆子也洗完，小咕在鐵絲網內的棲木上打著盹。春雪朝牠瞥了一眼後，正要再度打開手中的薄板狀工具……

「委員長，抱歉～你都掃完了？」

耳邊突然傳來這樣一句話，讓春雪整個人僵在板凳上。

春雪一驚之下，東西脫手而出，一隻白色的手搶先幫他撿了起來。春雪連連高速眨眼，一時不敢去接對方遞來的物體——午休時間才從合作社買來的化妝鏡，上頭印有梅鄉國中校徽。

「……怎麼啦？」

這個拿著鏡子大感訝異的人物，就是同樣參加飼育委員會的二年B班井關玲那。她一頭燙捲的長髮、畫得鮮明的眼線，以及鑲滿水鑽的神經連結裝置，都在在顯示出她屬於本來應該與春雪無緣的階層。

——你這種人為什麼會隨身帶鏡子？

春雪不由得預期她會講出這樣的話，但玲那只是歪了歪頭而已。春雪心想，要是被問到這個問題，就回答「漂流到荒島時可以用來反射陽光打求救訊號」。然後他動了動僵硬的右手，接過鏡子。

「謝……謝謝妳，井關同學。」

他以沙啞的聲音道謝，迅速將鏡子收進制服口袋。

「嗯。」

玲那簡短地應了一聲，這才轉身面向小屋，朝小咕揮了揮右手。角鴞也很有禮貌地拍了拍翅膀回應。

「對了，我們在校慶有打算展覽什麼東西嗎？」

春雪整整花了一點五秒，才理解到玲那這句話當中「我們」一詞指的是飼育委員會。

「啊……嗯、嗯。我是想借一間空的教室，讓來賓們看看小咕。可是這小子才剛搬來，要是突然被這麼多人盯著看，心理壓力可能會太大，所以今年只好作罷。」

「是喔，不愧是委員長。」

玲那有點佩服似的點點頭，走了幾步，在同一張板凳坐下。她用眼尾餘光看著春雪，露出別有深意的笑容——

「……所以說，你幹嘛一直看著鏡子？該不會……等一下要去約會？」

「不…………不不不、不是啦！」

春雪雙手與臉亂動一通，認真評估是不是該拿出剛剛想到的藉口。但玲那卻搶先一步帶著「不用說出來」的意味點點頭，接著又一副忽然想到似的樣子加上一句：

「不過，我們學校合作社賣的化妝鏡是用壓克力做的，不怎麼推薦唷。」

「咦……壓、壓克力？什麼東西壓克力做的？」

「還有什麼……當然是鏡子啊。給我看看。」

聽她這麼說，春雪只好從口袋裡拿出鏡子並打開。玲那用有點長的指甲輕輕敲了敲鏡子表面，繼續說道：

「這裡。這裡是用壓克力做的，照出來的樣子會變形，而且顏色也不太一樣。」

接著她又翻了翻自己放在腳邊的包包，拿出一個一眼就看得出很高級的化妝鏡，靈活地用單手翻開，遞給春雪。

「這是高精度玻璃做的，你比比看。」

春雪照她所說，交互凝視左手上印有校徽的鏡子，以及右手上印有名牌商標的鏡子。

幾分鐘前，他之所以多次打開鏡子又合上，是因為要看鏡子必然會看見自己圓滾滾的臉。不過，現在他連這種恐懼都拋在腦後，專心比較起兩面鏡子照出來的圓臉。

「喔……喔喔，完全不一樣……」

左右兩邊的鏡像有著明顯差別，讓他不由得發出感嘆的驚呼。左邊鏡子有著一種很廉價的塑膠感，右邊鏡子則鮮明得讓人怎麼看都覺得是用肉眼直接在看實體。

春雪交互注視這兩面鏡子，看著看著就覺得有種「慢慢抵達某種境界」的感覺刺激腦子。換言之，鏡子這種東西愈是完美就……

好不容易想到這裡時，預感又從腦海中消失了。他抬起頭一看，玲那又繼續解說：

「我就說不一樣吧？先不說變形問題，化妝時要是弄錯顏色可就糟糕了。像美容院那種大鏡子，一面就要五萬左右。」

「…………原、原來如此。」

春雪深感佩服的同時，也重新體認到那是種自己用不著的配備，於是將右手上的高級鏡子還給玲那。

「……所以說，委員長是要跟誰約會？」

「就、就說不是這麼回事了！」

「啊，難道是跟超委員長？」

玲那所說的「超委員長」就如字面上所述，是指委員長之上的委員長，也就是小咕的正統飼主，飼育委員會的幕後主宰。

「嗯～再怎麼說，小四實在有點不妙吧？」

「不、不、不不不不是這樣……！」

「啊，來了。」

春雪咦的一聲抬起頭，就看見有個小小的人影從校門方向朝後院走來。這個人影穿著純白的連身裙式制服，背著咖啡色的皮革書包，右手提著袋子。不用看也知道，她正是梅鄉國中飼育委員會的超委員長，四埜宮謠。

「喂～超委員長！剛剛委員長他呀……」

「不、不～～！」

就在春雪發出慘叫的同時，小咕偵測到謠接近，大聲拍響了翅膀。

委員會活動最精彩的餵食時間結束，大家在日誌檔案上簽完名，玲那說了聲「那麼兩位請慢來～」之後就回家去了。

【UI＞她是說什麼事情慢來？】

看到謠納悶地打出這行字，春雪勉強試著敷衍過去：

「應、應該是指上傳日誌吧？因為學校的頻寬……那個，很窄。」

說著他擦了擦額頭上冒出的汗水。謠也沒深究，不明就裡地點點頭，開始收拾放在板凳上的保冷容器。

看著她嬌小的背影，一個聲音在春雪耳邊迴盪。

——名字叫做「Mirror Masker」，是Ardor Maiden的……「上輩」……

春雪本來打算等今天的委員會活動結束後，就要直接針對仁子這項情報找謠問個清楚。但機會實際來臨了，他卻遲遲問不出口。

仔細一想，春雪對於黑暗星雲三名老資格超頻連線者——黑雪公主、楓子與謠的「上輩」是誰，直到現在依然完全不曉得。關於黑雪公主的上輩，從她表示「等時候到了我會跟你說」以後，春雪便沒再提過這件事；但對於楓子與謠的上輩，他也從未主動詢問——甚至刻意地壓抑了好奇心。

唯一確定的，就是如果她們直到現在都還有跟各自的上輩親近交流，相信早就引見給春雪認識了。既然兩人從來沒介紹，甚至連名字都不肯透露，也就表示有理由讓她們不能——又或者是不想這麼做。

因此春雪看著謠的背影，遲疑了良久。

謠彷彿感覺到了他的眼神，停下收拾的動作轉過身來，用一對泛著些許緋紅色的眼睛直視春雪雙眸。

春雪覺得自己彷彿要被這對清澈的眼睛吸了進去，口中不禁漏出幾個字……

「那個……四埜宮學妹……」

但他說不下去。謠也同樣只是靜靜地直視春雪的臉……

過了一會兒，她動起小手，一串文字點綴在虛擬桌面上。

【UI＞有田學長已經知道了吧？我「上輩」的事情。】

春雪倒抽一口氣，就這麼停了一會兒，才下定決心點點頭。

「嗯。昨天紅之王告訴我的。她說四埜宮學妹的上輩……就是『理論鏡面』的創造者。」

即使聽到他這麼說，謠也並未立刻做出反應。沉默持續了五秒鐘左右，櫻花色嘴唇才露出淡淡的笑容。

【UI＞這可讓仁子姊操心了。不……幸幸跟楓姊也是。請學長別怪她們倆昨天什麼都不說。幸幸她們是在等我做出決定，而仁子姊則是透過有田學長推了我一把。】

春雪一時之間意會不過來，把顯示在虛擬桌面上的文字反覆看了幾遍後，這才總算搞懂。

相信對謠而言，提到自己上輩的事一定得跨越很高的障礙。黑雪公主和楓子不用說，仁子也猜到謠有她的苦衷，才會於煩惱良久之後做出決定——透過告知春雪這個事實，來促使謠踏出這一步。

春雪緊閉嘴唇，靜靜等待。

過了幾秒後，謠總算下定了決心。然而打出的文字卻遠比春雪預期的更加沉重。

【ＵＩ＞我的上輩「Mirror Masker」是我的親哥哥。可是，他已經離開了加速世界。】

停頓了一會兒後。

【ＵＩ＞也離開了現實世界。】

謠收拾完東西，讓春雪坐在空著的板凳上，自己也在他旁邊坐下。

多雲的天空慢慢染上淡淡橘紅色，依稀可以聽見運動場上棒球隊隊員的喊聲。校舍裡應該還有許多學生正忙著準備校慶，但這些喧囂全都傳不到後院。

春雪看向長了青苔的地面，不知該說什麼才好——甚至不知道自己該不該說話。

謠在幾分鐘前輸入的字串，仍然顯示在虛擬桌面的聊天視窗。不管看幾遍，這幾行字的意義都很明確。謠的上輩超頻連線者是她的親哥哥，而這人已經不在了。不是耗光點數而離開加速世界，而是真的在現實世界裡過世了。

春雪今年才要滿十四歲，至今尚未經歷過與親友死別的經驗。最接近死別的一次，應該就是去年黑雪公主從衝來的車子下救了春雪而身受重傷那一次。即使到了現在，只要一想到當初在醫院走廊祈求她康復的那一夜，春雪還是會覺得心跳加快、掌心冒汗。

但是，如果——

春雪不願去想這樣的事，但如果那個時候，黑雪公主重傷不治，他實在無法想像現在的自己會是什麼情形。至少應該不會像現在這樣歡笑，還能每天開心地對戰……

【UI＞對不起。】

忽然間多出這行短短的文字，讓聊天視窗捲動了一行，也讓春雪眨了眨眼。

春雪完全不知道該如何回應，只見謠的手指又在穿著白色裙子的膝蓋上敲了敲。

【UI＞我知道，要是我不說話，只會讓有田學長為難。可是，我腦子裡一團亂。】

「不……不用急啦。不，如果妳不想說話，什麼都不用說也沒關係啊。」

春雪任由這幾句話脫口而出。

「我才該道歉，我不應該都不說話。我都比妳高了四個學年……卻什麼都講不出來。」

【UI＞這麼說來，我也高了學長兩級呢。】

聽她這麼回話，春雪不由得轉過頭去，看到謠的臉上露出一如往常的平靜微笑。但春雪卻覺得，這種笑容透出了一股淡淡的落寞。

春雪腦海中忽然浮現出一副光景。

那是他與謠兩人不小心在無限制中立空間衝進「禁城」時的事。在巡邏的衛兵公敵視線下穿梭而過，成功進入正殿時，Ardor Maiden就說了一句話。

——總覺得來到這邊以後，鴉鴉愈來愈可靠了，簡直……就像家兄一樣。

當時春雪聽了就問「小梅有哥哥啊？幾年級？」但謠並沒回答，只是落寞地微微一笑。

謠彷彿以她的一對大眼睛看穿了春雪喚醒的記憶，輕輕動了動手指。

【UI＞由於裝甲顏色也很接近，當時的鴉鴉真的很像哥哥。很像不管什麼時候都溫和又堅毅，始終引領我前進的哥哥……Mirror Masker。也許就是因為這樣……我才會害怕。害怕你學會「理論鏡面」，會更接近他。】

「……四埜宮學妹……」

【UI＞我鄭重對有田學長道歉。其實，我從一開始就知道，只是承受威力強大的光束攻擊，絕對得不到想要的能力。因為哥哥心中的「鏡子」，不是用玻璃或銀做出來的物質。】

一看到這裡，春雪又感覺到有東西在刺激腦海深處。

幾十分鐘前，他在比較合作社買來的鏡子與井關玲那的鏡子時，就閃過這樣的念頭。現在他慎重地拉住這個念頭的尾巴。

「嗯……我好像能理解。鏡子愈是完美，就會變得愈不像『東西』……該怎麼說，如果鏡子有具有完美的反光率，我們就看不出那是鏡子了，只會看到鏡子照出來的東西。就是說……

「呃、呃……」

這時春雪的言語化能力似乎又達到了極限，但聽他說到這裡的謠卻微微睜大眼睛，露出與先前不同意味的笑容。

【UI＞我嚇了一跳。原來學長只靠自己就領悟到這個地步了。】

「咦……這個地步？哪個地步？」

春雪不由得問出這種狀況外的問題，但謠不改臉上的微笑，停住手指的動作。

過了一會兒，她似乎下定決心，重重點了點頭，手指在膝蓋上敲出輕快的聲響。

【UI＞有田學長。你想親眼看看我哥哥心中的「鏡子」嗎？】

這段文章的意思讓人一時間難以意會，但春雪重重點了點頭。

「嗯……我想看。我覺得只要看了，一定就能找到答案。」

【UI＞我明白了。那我們走吧。】

「走？……是要去無限制空間嗎？」

聽春雪這麼問，謠瞬間睜大眼睛，接著用力搖了搖頭。

【UI＞不是的。是去我在現實世界裡的家。可能會拖得有點晚，學長最好先給家裡留個訊息。】

8

若用比較概略的方式形容，東京都杉並區就像是個往右下傾斜的菱形。春雪家那棟住宅大樓以及梅鄉國中所在的高圓寺地區，位於菱形東邊的稜角。往西是黑雪公主住的阿佐古住宅，往西南則是謠就讀小學所在的松乃木地區。謠的家應該是在更靠南邊的大宮地區。

春雪與穿著白色制服的謠，並肩走在從梅鄉國中往南延伸的紅磚人行道上。回想起來，他們剛認識的那一天，也曾經一起走在這條人行道上。

當時他們一進入大宮地區，就坐在人行道旁設置的板凳上進行搭檔對戰。對手是綠色軍團旗下的Bush Utan與Olive Glove。Utan在對戰途中發動「ＩＳＳ套件」的力量，把春雪打得退無可退，但謠卻毫髮無傷地擊退擁有同種力量的Olive，還呼喚巨大的火焰風暴，把Utan燒得一乾二淨。

……該不會今天也要這樣？

春雪也不是完全沒想過這個念頭，所幸今天謠只是一直往前走，並未說出【請讓我見識見識學長的實力】這種話。即使裝著小咕飯菜的包包是由春雪提，謠的腳步仍然快得讓人完全感受不到他們的身高差距。少女挺直腰桿，以流暢的動作迅速擺動雙腳貼地行進，簡直像是受過專業的步法訓練。

虛擬桌面上的導航地圖顯示所在處為大宮一丁目，再走兩百公尺左右，兩人便從人行道往東彎出去。這個住宅區有著許多古色古香的建築物，地圖上也浮現許多寺廟與神社的標記。

「總覺得……跟高圓寺那一帶很不一樣啊。」

春雪不由得壓低聲音這麼說，謠也點點頭回應。

【UI＞小時候，我很怕一個人傍晚經過這一帶。】

——聽到現在應該也只有十歲左右的謠這麼一說，年長四歲的春雪實在說不出「我就算兩個人一起走也很怕」這種話。可是，這不冷不熱的風吹得兩旁圍牆後許多老樹沙沙作響……老實說，他就是會緊張得像是抽到「墓園」場地一樣。

現在明明還不到六點，路上卻看不見其他人影。要不是有公共攝影機的支架兼路燈等距離架設在路上，他多半已經開始懷疑自己是不是不小心闖進了五十年前的世界。兩人默默走在這條看似直線卻又不是直線的路上，就在春雪的方向感開始錯亂到連導航地圖都難以補救的地步時——道路右方出現了一道古色古香的數寄屋門（註：日式庭院大門的一種，上方有屋簷）。

門是以泛黑的天然木材打造，屋簷鋪著真正的瓦片。兩扇門從左右牢牢關上，看不見門內的情形。但右邊的門柱上掛著一塊招牌，證明這並非一般的民宅。

謠在門前停下腳步，所以春雪也跟著停步，抬頭看向招牌。招牌上以雄渾的楷書寫著幾個黑色的大字：「杉並能舞台」。

「杉並……能，舞台？」

春雪小聲唸了出來。謠點點頭，迅速打字回答。

【ＵＩ＞這裡就是我家，請從這邊進去。】

謠走向關上的庭門旁一道狀似通行用的金屬門，左手一揮。她當然是在操作虛擬桌面，但看上去就像是用某種超自然力量下令一般，沉重的開鎖聲立刻隨之響起。

謠推開門，示意要春雪通過。春雪這才緊張起來，說聲「打擾了」並走過金屬門。一看到門內的光景，他立刻看得張大了嘴。

這裡簡直像是無限制中立空間內的「禁城」。不，規模當然沒那麼大，但莊嚴的和風宅邸於樹齡不知道有幾百年的大樹下往左右延伸，這景象怎麼看都不覺得會是現實世界。而且這建築物似乎有兩棟，右邊是平房住宅，左側則有著乍看之下像是神社的廳堂聳立。想來那多半就是門口招牌上寫的「能舞台」。

門再度上鎖，春雪小聲對走到他身旁的謠問說：

「四埜宮學妹，這『能』……呃……是跟歌舞伎有點類似的……？」

這個問題問得非常粗略，但謠卻露出微笑點點頭。

【ＵＩ＞實實在在就是這一類的傳統演藝。學長真是見多識廣呢。】

「對、對不起，我也只知道這些。」

春雪先縮起脖子道歉，這才又戰戰兢兢地問起：

「……請問，能跟歌舞伎，到底有什麼不一樣？」

當然，只要春雪偷偷在虛擬桌面上網搜尋，要多少講解網頁都找得到，但這種臨時抱佛腳的不懂裝懂一旦被拆穿，可就相當難看了。而且在謠面前裝懂，肯定馬上就會拆穿，還不如老實承認自己的無知。春雪問這個問題，其實蘊含著這樣的決心，但謠的回答卻是：

【ＵＩ＞楓姊說過，很無聊的就是能樂，很白癡的就是歌舞伎。】

看到春雪啞口無言，謠以無聲的方式發出微風般的笑，隨即又打了一行字：

【ＵＩ＞實際的差異，我會在舞台那邊說明。這邊請。】

謠所說的「舞台」，果然就是蓋在圍牆內西側的廳堂狀木造建築物。

走近一看，可以發現構造相當奇妙。大小兩棟建築物是用走廊連接，但較大的建築物有三邊都沒有遮蔽，正面靠裡的木板牆上則有著壯麗的松樹繪畫。整體建築物相當老舊，看起來似乎很少在用。建築物左邊有條長約十公尺的有頂走廊斜向延伸，連到一棟較小的建築物。

穿過深邃森林似的庭院，繞到較小建築物後方，就能看見拉門式的入口。謠從制服口袋裡拿出一把古色古香的金屬鑰匙開了鎖，用雙手輕輕拉開門，接著對春雪點點頭。

「……打、打擾了。」

春雪第二次說出這句話，走過這同樣古色古香的門。接著謠先牢牢拉上門，才打開牆上的開關。

天花板上老式的日光燈一亮起，春雪就看得讚嘆不已。

這空間多麼奢侈啊。儘管只有三坪左右，說不上有多大，但天花板、牆壁、地板，以及所有傢俱，全都是用打磨光亮的天然木材製成。蓋這棟建築物的年代，這樣的情形也許很平凡，但這年頭若要蓋出一個同樣的房間，肯定得花上一筆天文數字。

謠在地板段差前脫了鞋，從一旁的鞋櫃拿出兩雙拖鞋，一雙拿給春雪。春雪先道謝，這才走進屋內。

裡頭的傢俱包括右側牆邊一個古色古香的櫃子，以及一張沒有椅背的椅子，正面則擺放著一件不知道做什麼用的大型傢俱。目前他只看得出這是垂直立著的厚重木板，可以從左右兩邊折疊，但看起來明顯比其他傢俱新得多。

春雪在屋內四處張望，聊天視窗慢慢跑出一行字。

【UI＞這個房間是能舞台的「鏡房」。】

春雪凝視這行字好一會兒，這才轉身面向謠，小聲問說：

「鏡……房？」

【UI＞是的。我馬上讓學長見識一下。請學長坐在那張椅子上。】

春雪照她所說走上幾步，坐在圓形的木造椅子上，正面就是那件神秘的大型傢俱。謠朝傢俱走了過去，解開側面的金屬製扣具，先把最前面的木板從右往左拉開，再把下面一塊木板從左往右拉開，然後退到春雪身後。

——怪了，那不是傢俱，是門？

春雪一瞬間有了這樣的想法，但當他與坐在眼前的一名圓臉國中男生四目交會後，立刻發現並非如此。

春雪反射性地上半身後縮，便看到正面的國中生也同樣歪著身體。兩人同樣靠了站在身後的國小女生扶住，才驚險地避免摔倒。

這麼糊塗的圓滾滾國中生不多見。也就是說，春雪看到的就是自己，這件神秘傢俱則是一組大得不得了的三面鏡。

平常春雪照鏡子時，向來不敢看自己的模樣超過一秒，現在卻因為過度震驚而持續投注視線在上頭。他從未見過這麼大又這麼豪華的鏡子。有田家最大的鏡子就是母親房裡的穿衣鏡，但眼前的鏡子面積肯定有那面穿衣鏡的十倍以上，簡直像個有三邊牆壁用鏡子圍成的小房間。

「…………………」

春雪默默看著鏡子十秒鐘以上，才發現這三面鏡的特徵不是只有尺寸大。

鏡子的品質，也就是外層玻璃的透明度與內層鍍銀的反光率，也同樣極為驚人，想必品質遠遠凌駕在井闕玲那在學校借他的那面高精度化妝鏡之上。這玩意兒讓人覺得已超越了鏡子成了一扇門，能夠通往一個左右相反的異世界。

【UI＞能樂和歌舞伎有很多地方不一樣……】

唯一沒有被鏡子照出的投影視窗上突然跑出文字。

【UI＞最大的差別之一，就在於歌舞伎的演員是在臉上畫臉譜演戲，能樂則要帶上叫做「面」的面具。】

春雪這次也花了好幾秒的時間細細咀嚼這段文字，接著才說：

「啊啊，這樣啊……那就是所謂的能面……是吧？」

【UI＞正是。戴上面的能樂演員，會讓意識與面同化，化身人以外的事物舞動、歌詠。這「鏡房」就是這麼一個用來讓演員專注的地方，幫助演員達到這種境界。有田學長看到的大鏡子，就是陰間與陽間的界線。】

「界線……」

春雪又產生了那種感覺——一種自己已經非常接近核心的確信與焦躁。他下意識起身，朝鏡子一步步走近。

鏡中以同樣的動作走近的自己，身影像水面受到擾動似的搖晃。不知不覺間，站在眼前的身影變成了身披白銀裝甲，以不透明面罩遮住臉孔的另一個自己——Silver Crow。春雪舉起右手，Crow也做出一樣的動作。雙方的指尖慢慢接近，眼看就要碰在一起。

忽然間，春雪上衣被人從後一拉，讓他驚覺地回過神來。一眨眼之間，鏡中的對戰虛擬角色已經消失，變回了原本圓滾滾的國中生。回頭一看，謠面帶微笑抓著春雪上衣，只靠右手靈活地打字：

【UI＞學長已經看得很夠了，剩下的就到我房間再說吧。】

兩人走出「鏡房」，再度穿過林子，前往蓋在東側的母棟。

走著走著，腦袋朦朧的感覺慢慢淡去，但緊張感卻讓他腹部絞痛。要是碰上謠的家人，該怎麼自我介紹才好？畢竟國小四年級與國中二年級有十足的年齡差距，遇到最壞的情形，從報警到逮捕都有可能。

正當他在腦子裡多方沙盤推演時，謠看穿他心思似的說：

【UI＞不要緊的，爺爺跟爸爸都不在家。有大規模公演時，他們很少回家。】

「公、公演？是能樂的……？」

【ＵＩ＞是。】

聽到這個答案，春雪才再度認知到事實。

家裡有巨大的「能舞台」，祖父與父親都是能樂師，這表示四埜宮謠學能樂並非只是單純當才藝在學，她就是「能樂之家的孩子」。而她過世的兄長……Mirror Masker也是一樣。

見春雪又沉默不語，謠也不再說話，靜靜打開母棟的玄關。

謠領他抵達的房間不再四面八方都是木板，卻同樣十分稀奇，是一間鋪著榻榻米的和室。房內傢俱只有木製的寫字桌、櫃子與書架，沒有床。所以說，謠多半是在榻榻米上鋪墊被睡？這種睡眠環境，對春雪來說完全是未知的領域。

謠把書包放到架上，先拿了一個坐墊給春雪，才說了——應該講寫下了——一句【我失陪一下】，隨即走出房間。春雪仔細想想，發覺這幾年似乎都沒用過這麼傳統的坐墊。他試著挑戰跪坐姿勢，但才十秒鐘就覺得這會對雙腳造成重大損傷，只好時左時右地分散體重來忍受痛楚。所幸短短三分鐘謠就端了個托盤回來。

謠一看見春雪的模樣，立刻露出忍笑的表情。少女先把托盤放到寫字桌上，然後動著雙手打字。

【ＵＩ＞請學長儘管輕鬆坐。】

「……好、好的。那我就……恭敬，不如……從命了……」

春雪把沒多久就麻掉的雙腳換成盤腿姿勢，這才鬆了一口氣。謠則以端正的姿勢跪坐在春雪面前，將清涼切工玻璃杯所裝的冷茶與用小盤子裝的水羊羹由托盤裡移到桌上，模樣楚楚動人到了極點。

「謝……謝謝。」

春雪道了謝，看見謠以手勢請他喝茶，於是先喝了口冷茶。這茶似乎是用真正的茶葉所泡的綠茶，另外還加以冰鎮過，因此清晰的苦味當中有著淡淡的甘甜。春雪對這種與保特瓶裝茶完全不一樣的滋味細細品嚐了一番，這才重新意識到一件事。

四埜宮謠會冷靜得一點都不像十歲少女，並不只是因為身為超頻連線者的歷練。塑造出現在的她，以及「Ardor Maiden」這個對戰虛擬角色的，顯然是她在這寬廣又傳統的日本房屋裡生長的歲月。

既然發現到這一點，也就會注意到，這裡跟春雪位於高圓寺北區高層住商大樓二十三樓的住家，有著唯一一個共通點。那就是「寧靜」。即使小孩子放學回家，卻沒有任何人開口說一聲「妳回來啦」。這裡有的，就是這種落寞的寂靜。

「請問……四埜宮學妹。妳還有其他家人嗎……？」

他戰戰兢兢地這麼問起，謠先喝了一口自己的茶，之後伸手到桌上打字。

【ＵＩ＞剛才我也稍微提過，爺爺、爸爸，還有年紀較大的哥哥，目前都為了公演而留在

京都。另外家母也在工作，要到很晚才會回來。】

「咦……那麼，現在這家裡就只有四埜宮學妹一個人……？」

【UI＞有幫忙打理家務的傭人，不過應該快要下班了。】

「………這、這樣啊。」

之前春雪一直被這個家的氣派震懾住，但等到一一了解這許多特殊的情形，他才為時已晚地發現這豈不是「在女生家裡跟對方獨處」的狀況？儘管心跳與呼吸都不由得加快，但他還是靠著意志力維持平常心。真要計較起來，昨晚仁子不但跟他獨處，還在同一張床上呼呼大睡；而且就在幾天前，黑雪公主還帶他到自己家過夜。照理說他應該已經存到了一點經驗值，不至於在這裡陷入恐慌。應該吧。

謠並未發現——又或者是已經發現卻不形於色——春雪內心的掙扎，輕巧地用竹製小匙把水羊羹送進嘴裡。春雪也依樣畫葫蘆地照做，讓冰涼的水羊羹溜過喉嚨，冷卻自己的思緒。

謠在剛才的說明中打出【較大的哥哥】。這也就表示……

「妳原先有……兩個哥哥？」

春雪小聲一問，隨即看見馬尾輕輕擺動。

【UI＞是的。大哥跟我差了九歲，所以我們很少一起玩。二哥……帶我進加速世界的竟也哥哥大我四歲。他在三年前過世……當時我七歲，哥哥十一歲。】

謠是超出春雪之上的打字高手，但此時她的手指卻顯得有些生硬。她低著頭，看不出臉上露出什麼表情。春雪本想阻止她，告訴她不用再說，但謠纖細的手指卻搶先繼續了下去。

【ＵＩ＞在能樂的世界……不，歌舞伎和狂言也是一樣。傳承這些技藝的家族，生下的小孩都沒有最初的選擇權。】

「最初的……選擇權？」

【ＵＩ＞就是「要不要進入表演藝術的世界」。小孩沒有權利做這個選擇。還沒懂事就會接觸父母兄弟與親戚的表演，對表演產生親切感並開始學習，才四、五歲就會以子方（註：兒童演員）的身分首次登台。到此為止，都是從小孩生在能樂家族時就已經決定好的。】

「從……從那麼小就決定？」

春雪啞口無言地反問。他試圖回想自己四歲左右的時候在做些什麼，卻只能模模糊糊想起一些在幼稚園裡跑來跑去的記憶。

謠抬起頭，露出淡淡的微笑繼續說明：

【ＵＩ＞當然，也不是所有小孩都會就這麼走上能樂師這條路，真的繼續走下去的小孩反而是少數。子方只能演到上中學前後，有一半以上的小孩在走到這一步之前就會放棄。可是，大哥並沒放棄……而且竟也哥哥和我也沒打算放棄。不管是哥哥還是我，都因此愛上了能樂的世界。愛上了那個三間（註：長度單位，一間為六尺三寸，約191公分）見方的小宇宙。】

春雪默默地瞪著這幾行慢慢出現的櫻花色文字出神。

他並沒當場了解能樂的世界是怎麼回事。畢竟他從未現場看過能樂表演，頂多只記得在社會科的課堂上似乎多少有瞥過幾眼2D畫面。

只是儘管為時已晚，他還是注意到了一件事。

那就是「劫火巫女」Ardor Maiden在加速世界發動心念時所跳的舞、所唱的歌，都是來自「能樂」。四埜宮謠在加速世界的形貌與能力，都與她從懂事前就開始學習至今的能樂有著密切關係。

想到這裡，春雪碰上了一個很大的疑問。

對戰虛擬角色，是「精神創傷」的體現。

那麼謠的虛擬角色——身披紅白兩色的巫女，應該也是從她的創傷中塑造出來的。這也就表示謠的創傷，跟她所愛的能樂世界有關……

【UI＞我三歲的時候，第一次以子方身分踏上舞台。儘管還只是個幼兒，但當時的緊張和感動，我都記得清清楚楚。】

謠再度開始打字，春雪則是默默地看著。

【UI＞從那天起，我就相信自己也會成為像爺爺還有爸爸那樣的能樂師，每天都努力練習。可是……我開始上國小那一天，爸爸就說了，說我只能當子方……等我長大以後，就不能

再登台了。】

「咦……為什麼，哪有這樣的！」

春雪不由得大喊出聲，因為他覺得這樣太過分了。不給小孩選擇餘地，就把他們拉進表演的世界，過了幾年卻又強制他們退出，這豈不是欺人太甚？

但謠卻再度露出微笑撫平春雪的情緒，並平靜地動著手指。

【ＵＩ＞沒辦法。因為，歌舞伎、狂言……還有能樂，都是男性的世界。比方說，這世上其實沒有女性歌舞伎演員存在，學長不知道嗎？】

聽她這麼一說，春雪這才發現。在歌舞伎世界裡，飾演女性的演員之所以叫做「女形」，就是因為演員本身並非女性。

【ＵＩ＞近年來也有不少女性能樂師存在，但並非每個流派都有。我們四埜宮家所屬的流派就不承認女流能樂師。知道這件事的時候，我還是很傷心。當時我心想，既然將來再也不能站上舞台，乾脆別練了。但從小只認識能樂的我，也不知道該做什麼事才好……就在這個時候，竟也哥哥帶我進了另一個世界。當時已經是超頻連線者的哥哥，給了我BRAIN BURST。】

謠略作停頓，手指輕快地飛舞。

【ＵＩ＞形成Ardor Maiden的精神創傷……我自己沒有辦法用明確的話說出來。但有一件事可以推測……我想，我之所以會帶著淡紅與純白兩種顏色誕生，是因為在當上超頻連線者之

前，我的心中有著兩個世界、兩個自己。竟也哥哥的Mirror Masker也是一樣。他有銀色與白色兩種顏色……】

文中的「淡紅」一詞，讓春雪覺得不太對勁。因為Ardor Maiden下半身的緋紅色，應該算是深紅。但他的注意力隨即被後半段更令他好奇的情報吸引過去。

「銀色……跟白色。也就是說……只有一半是金屬色？原來也有這種情形啊……」

【UI>我也只在哥哥身上見過。】

謠的回應讓春雪思索起來。如果擁有「理論鏡面」能力的Mirror Masker是這麼特殊的對戰虛擬角色，那麼儘管有著同樣的銀色，卻只是正常金屬角色的Silver Crow有沒有可能學會這項特殊能力，可就相當難說了……

春雪感到有點灰心，卻又搖搖頭甩開這些念頭。現在他該做的不是盤算自己的事，而是專心聽謠說話。當他把意識拉回虛擬桌面上的無線聊天視窗時，文字游標正巧開始動作。

【UI>……對於之前每天生活裡只有練習，沒有朋友能一起玩的我來說，能遇到許多超頻連線者的加速世界，是個非常開心、非常令人雀躍的世界。我每天都戴著Ardor Maiden這張專屬於我的「能面」，在裡頭舞得忘我。】

「呃……當時四埜宮學妹是國小一年級對吧？對戰這些事……妳都不怕……？」

春雪忍不住插嘴，讓現在就讀小四的少女微微一笑：

【ＵＩ＞畢竟能樂裡面就有很多作祟、殺人、鬧鬼的曲目。】

「……原、原來如此。」

【ＵＩ＞對戰讓我很開心，而且遇到的每個人都對我很好。只是……這卻與哥哥的用意背道而馳。我愈在加速世界跳舞，心中對另一個異世界——能舞台的嚮往也就愈是強烈。從某個角度來看，這兩個世界對我來說是一樣的……凡是在加速世界發現的事，學到的東西，達到的境界，我都想在能舞台上表現出來，這樣的心情愈來愈強烈。】

「……這樣啊……所以四埜宮學妹的對戰虛擬角色，也算是某種『完全一致（Perfect Match）』呢……」

【ＵＩ＞我想是吧。竟也哥哥似乎也沒料到會這樣。當哥哥知道，他想用來讓我忘記能舞台的BRAIN BURST起了完全相反的作用後……決定試著負起責任。就在我當上超頻連線者的一年後，從現在算起是三年前，那年夏天的某一天。】

這時謠的手指忽然停住。

不知不覺間，窗外的天空已經染成火紅，謠身上白色制服也透出溜進屋內的晚霞色彩。由於屋裡並未開燈，室內愈來愈昏暗，只聽得庭院裡樹葉的婆娑聲像波浪般迴盪。

謠深深低頭，良久動也不動，忽然間卻抬起頭來，以帶著幾抹淡紅色的眼睛直視春雪，十根手指領著黑影輕快舞動。

【ＵＩ＞竟也哥哥，在先前我帶學長去看的「鏡房」，對祖父……觀世流四埜宮家的大當家，七世四埜宮清梧郎提出了請求，請祖父准許我正式走上能樂師的路。可是……答案早就底定了。哥哥流著眼淚，一直對搖頭說辦不到的祖父哭求……即使我都說算了想阻止他，他還是不放棄……最後終於被同席的大哥一把推開……結果，就出了意外。】

「意……外……？」

【UI＞竟也哥哥被推倒在地……鏡房的大鏡倒在他身上。鏡子砸得粉碎，碎片就……】

謠打到這裡，手指再度停住。

但春雪已經能夠輕易想像出結果。謠之前就說過，她哥哥竟也當時十一歲，只比現在的謠大了一歲。那巨大的三面鏡落在這麼小的小孩身上，後果實在不堪設想……不對，最壞的後果就是發生了。三年前，四埜宮竟也／Mirror Masker幼小的生命，就在那個房間凋零了。謠所說的就是這麼回事。

不知不覺間謠再度垂下頭，雙手用力握緊。看到她的小手頻頻顫動，春雪心想得說些什麼才行，卻又覺得不管說什麼話，都只是膚淺的表面話，因此最後仍舊連開口都做不到。

他轉而從桌子另一頭伸出右手，輕輕碰了碰謠的左手。一碰之下，緊握的拳頭猛然顫動、放鬆，進而鬆開拳頭，纖細的手指輕輕蓋住春雪的手指。

謠維持這樣的狀態，以右手慢慢打出文字。

【UI＞到頭來……竟也哥哥最後的心願，也被我自己化為烏有。事後，我就連以子方的

身分踏上舞台都辦不到了。】

兩滴透明的水珠，無聲無息地落在有著漂亮木紋的桌板上。

【ＵＩ＞因為，我從那個時候起，變得連一個字都說不出來。即使用ＢＩＣ也無法治療這種症狀。】

春雪從認識四埜宮謠的那天，就曉得她因為運動性失語症而不能說話。但直到今天，他都不曾想過謠為什麼會得這樣的病。在他的想像中，只覺得這種症狀多半就像感冒一樣，將來自然會好。

春雪滿心自責，恨不得痛毆太過膚淺的自己，只能緊緊咬著嘴唇。自己應該更早注意到，四埜宮謠這名少女身為超頻連線者的實力既然高得可怕，代表她在現實世界當中失去的事物就是這麼重大。雖然即使注意到，春雪多半也無能為力……但至少還是應該著想到。

「……對不起，對不起……我……什麼都……」

春雪好不容易從喉頭擠出這幾句說得沙啞的話，謠又一次輕輕握住他的右手。

【ＵＩ＞有田學長沒有什麼好道歉的。學長肯聽我說這些……反而讓我很開心。因為哥哥出意外的詳細情形，過去我對任何人……甚至對楓姊跟幸幸，都說不出口……】

「……換做是師父或是學姊，相信她們一定能更……更明白地說出該說的話……可是，我就只會聽……」

【ＵＩ＞這也是有田學長了不起的才能。】

謠說到這裡，儘管眼眶含淚，仍然露出滿臉笑容，春雪總算能夠微微放鬆緊繃的嘴角。這讓他鼓起一小撮的勇氣發問：

「那個……小咕牠會由松乃木學園照顧……該不會也有什麼隱情……？」

這個問題未免太唐突了些，但謠之前那麼拚命想替小咕找個容身之處，讓他怎麼想都覺得這件事和謠的「創傷」不可能無關。

聽到他這麼問，謠先眨了眨眼睛，才露出微笑點點頭。她從春雪手上抽回手，重新以雙手打字。

【ＵＩ＞學長說得沒錯。這是個好機會，我就對飼育委員長也說個清楚——有田學長知道修訂過的動物保護法嗎？】

「呃、呃呃……記得是……強制要求對所有寵物加上微型晶片……？」

【ＵＩ＞是的。說得精確一點，是體型達到一定大小的寵物。不管怎麼說，法定飼主必須為寵物加上微型晶片，這讓飼主無法像以前那樣，嫌寵物礙事就任意遺棄。新型晶片還有連上全球網路的功能，所以要偷偷在自己家裡宰殺……之類的手法也不可能辦到。】

隨著聊天視窗的文字一行行出現，謠的表情也變得愈來愈沉痛，但她雙手手指卻堅定地持續敲打寫字桌。

【ＵＩ＞可是，這當中還是有著漏洞。小咕多半是在寵物店正規販賣的個體……但有田學長也知道，飼養角鴞並不簡單。不但需要相當大的鳥籠，飼料也很特殊。以前的飼主雖然買了小咕，但多半是後來養不下去了。這種時候，飼主本來應該付委託金給寵物店請他們領走，或是自己找新的飼主才行……】

謠深呼吸一口氣，繼續打下去：

【ＵＩ＞小咕以前的飼主，選擇了鑽漏洞的方法來省事。他自行取出……不，是挖出了埋進小咕左腳的微型晶片，把小咕丟到屋外去了。】

「……怎麼這樣……」

看到春雪茫然地低語，謠將微笑換成難過的神色點點頭。

【ＵＩ＞鳥類很怕出血，而且小咕不曾自力更生過，根本不可能在東京活下去。牠在松乃木學園小學部的校地裡縮著不動時，獲得飼育委員會收容。小咕馬上被帶去醫院急救，但能保住性命真的是奇蹟。可是……大概是因為有過恐怖的經歷，讓牠變得極端不信任人類……】

「我想……也是。畢竟牠被飼主那樣對待……」

【ＵＩ＞醫院的醫師也說，再這樣下去，最後還是會不得不以撲殺方式處理，但是我……就是不想對小咕見死不救。只因為有人說不需要牠，只因為這樣的理由，就必須從世上消失，

實在太沒天理了。】

謠在投影視窗打出這樣一段文章的心理，春雪雖然想像得到，卻不願說出口。他轉而原原本本地說出自己的心情。

「即使……即使被一百個人說不需要，只要有一個人需要自己，那就足以當作繼續留在這個世界的理由。最近我就有這樣的想法，我想小咕一定也是這樣。」

謠聽了後以一對仍然含淚的眼睛望向春雪，不久後點了點頭。

【UI＞還好，在我餵了很多次之後，小咕終於肯吃餌了。之後牠慢慢好轉……腳上的傷也康復了，所以我們就帶牠去植入了新的微型晶片。本來我還以為牠從此可以一直在松乃木學園過活，結果又遇到廢除飼育委員會的問題……之後的事，有田學長也都知道了。】

「這樣啊……。我也會好好努力，這次一定要讓小咕可以在梅鄉國中安身立命。」

【UI＞靠你囉，委員長。】

謠露出淡淡的笑容，打字回應春雪這句話。春雪從她的表情中察覺了一件事。儘管並未進行對戰，甚至不曾加速，但謠邀請春雪到她家裡的目的已經達成……她已經說出現階段所有春雪應該知道的事。

這時家中連續傳來好幾聲不可思議的低沉金屬聲響。春雪還驚訝地想著怎麼回事，謠則表示【已經七點了呢】。看樣子，那應該是時鐘的鐘聲。

確實，視野右下方的時間也顯示著19：02。如果剛才那是時鐘的鐘聲，就表示這鐘慢了一些，但他決定不去在意，從坐墊上站起。

「對、對不起，一待就待了好久……我差不多該……」

謠聽了後微微歪著頭思索，接著迅速打字回答。

【ＵＩ＞有田學長要直接回家嗎？】

「嗯……也許會在路上『對戰』一下啦……」

【ＵＩ＞那我可以一起去嗎？】

「咦，這、這也不是不行啦……」

春雪含糊地說到這裡，才注意到窗外的晚霞已經幾乎不見蹤影。雖說現在正值夏至，但都過了晚上七點，要帶國小女生上街，還是讓他有所遲疑。

「天色都暗了，我想今天還是算了吧。不然我會被四埜宮學妹的家人罵的。」

聽春雪這麼說，謠換上落寞的微笑回答。

【ＵＩ＞不管是爸爸還是媽媽，只要我在晚上九點以前回到家，不管我在哪裡做什麼，他們都不會放在心上。】

「……這、這樣啊……」

無論公共攝影機如何發達，市區的犯罪發生率如何遽減，這種教育方針還是未免太放任了吧……春雪想是這麼想，但自己卻也沒什麼門限可言，完全沒有資格講這句話。

但春雪還是再度重重搖頭，面帶笑容堅定地說道：

「就算伯父伯母不生氣，師父跟學姊也會氣得不得了。所以……對戰就等明天再說吧。」

謠聽了後連連眨眼，露出一整天來最燦爛的笑容，輕快地舞動雙手手指。

【UI＞說的也是。要是穿幫，鴉鴉一定會被處以不掛繩子從新宿都廳高空彈跳之刑。】

謠一路送到臨接道路的通行門前。春雪與她揮手道別，隨手把導航APP的目的地設定在最近的環狀七號線沿線公車站牌。接著就依照視野當中以AR方式顯示的標線，開始在昏暗的住宅區裡往東前進。

四埜宮謠告訴了春雪許多事情。他讓這些拼片原原本本地在腦海中飄盪，走了十五分鐘左右，隨即在去路上看見幹線道路耀眼的燈光。朝地圖一看，這裡似乎是方南町的路口附近。往高圓寺方面的公車站牌要再往北一點。春雪正打算走過去，卻停下了腳步。

他的所在地差不多在杉並區的最東邊，只要繼續往方南大道走上個三百公尺，就可以到達「中野第二戰區」。「中2」不同於由紅色(日珥)軍團支配的「中1」，是不屬任何軍團的空白戰區。這個區域東邊是藍色軍團(獅子座流星雨)，南邊則和綠色(長城)軍團相鄰，是所謂的緩衝地帶，也因此成了自由對戰的聖地。即使是在平日，這個時間應該也還有超過五十名超頻連線者待在線上。

「就、就去看看吧。」

春雪自言自語說完後，由於沒人說「不行」，他便小跑步通過環狀七號線的行人穿越道。

杉並區現在是黑色軍團（黑暗星雲）的領土，所以即使春雪將神經連結裝置連上全球網路，也可以拒絕其他超連線者挑戰。然而只要踏入中野第二戰區一步，這種特權就會消失。他將心一橫，跨過視野中浮現的紅色界線。顯示在導航地圖下方的現在位置，也從杉並區方南二丁目換成了中野區彌生町六丁目。幾乎所有東京都的居民，在移動過程中都不會意識到自己是否在二十三區當中跨越哪一區的界線；但對超頻連線者來說，區與區之間的界線無異於國界。現在春雪幾乎已經熟悉到可以在東京都心的空白地圖上，概略畫出二十三區的形狀。

現在這一瞬間，Silver Crow的名字已經出現在中野第二戰區的「對戰名單」上，隨時都可能有人找他挑戰，所以他先走到人行道的邊緣，以免因為自動加速而出事。儘管在現實世界中最久也只有一點八秒，但最好還是避免在人潮中不由自主地停步。

春雪在前方五十公尺左右處，找到了一個小小的兒童公園。一直往前走的他下了決心，如果在走到公園的路上都沒有人找上門，就自己主動找人挑戰。到時候要盡量選紅色系，而且要盡量挑會用光束攻擊的對手。他希望在參觀了「鏡房」並聽了謠她哥哥的故事後，能讓自己心中慢慢塑造出來的「對鏡子的想像」成形。

真正的鏡面，不只是反射光線的板子，更像是採光的入口。仔細一想，春雪到幾天前都還擁有的強化外裝「The Destiny」儘管有著幾乎完全對光束攻擊免疫的鏡面裝甲，卻又兼有著能夠接受裝備者屬性的相容性。鎧甲就是有著這種溫柔與暖意……所以才會將Chrome Falcon的憤怒與絕望照單全收，甚至不惜扭曲自身形體……

就在春雪轉著這樣的念頭，走到離公園只剩十公尺的地方時——

啪————！熟悉的加速聲拍響聽覺，讓春雪當場直立。意識從現實世界中切離，被帶往時間加速到一千倍的另一個世界。

然而，視野中熊熊燃燒的火焰文字，卻不是他意料中的【HERE COME……】云云，而是【A REGISTERED DUEL IS BEGINNING！】——他預約觀賞的對戰，就在這個中野第二戰區開打了。

雖然不是自己下場對戰，但觀戰也有觀戰的樂趣。春雪內心滿懷期待，鑽過墜落方向上大開的彩虹色大門。

9

Silver Crow堅硬的腳掌踏上金屬地板。

春雪在拉起上身的同時，確認起顯示在視野上方的兩條體力計量表。左側接受挑戰的一邊，是他很熟悉的名字。Frost Horn，等級5，藍色軍團中擅使冰凍攻擊的角色，春雪列入自動觀戰名單的對象就是他。今天似乎難得沒跟他的好搭檔Tourmaline Shell組隊對戰。

至於右側的挑戰者，則是春雪第一次看到的名字。顯示在體力計量表下方的英文字母寫著【Wolfram Cerberus】，等級……竟然是1級。也就是說，一個才剛當上超頻連線者沒有多久的新人，竟然挑戰已經算是老手的Horn。

「好、好猛……像我1級的時候，就連只比我高一級的對手，我都不太敢去挑戰……」

春雪忍不住自言自語說到這裡，又仔細打量這個虛擬角色名稱。

「呃……沃夫蘭……西柏斯……？」

他勉強唸出兩個單字，立刻聽到身後有人說話。

「是唸作『沃夫蘭．賽柏拉斯』。」

「啊，謝、謝謝……等等，喔哇！」

春雪鞠躬道謝的同時轉身一看，立刻嚇得往旁跳開將近一公尺。

站在那兒的，是一名身披深藍色重裝甲的女武士型虛擬角色。也是前天才在極近距離跟她站在一起……或者應該說是嚇他嚇個不停的對象。春雪為時已晚地感到後悔，心想早知道有這種事，就應該手動設定觀戰用偽裝虛擬角色。但如果這樣設定，遭人挑戰時就得多花一道手續開出本來的對戰虛擬角色了。春雪放棄無謂的掙扎，搔著後腦勺鞠躬行禮。

「啊、妳、妳妳妳好……呃、呃，妳是Mangan……不對，是Cobalt……不對，應該還是Mangan……」

春雪之所以無法立刻確定對方的名字，是因為她難得並未與搭檔一起登場。如果她們兩人都在，就能用偏藍或偏綠來分辨；但只出現其中一個，在昏暗的「煉獄」空間裡實在很難判斷到底是誰。

女武士以銳利的鏡頭眼看著春雪苦思的模樣，低聲喝叱：

「你這傢伙，如果我們是在對戰，你早就身首分家了。我是Mangan Blade，除了裝甲色差別以外，小鈷頭上是兩根角，你記清楚了。」

「喔、喔喔，原來如此！」

聽她這麼一說，春雪就看到眼前的武士頭盔上有一根裝飾用的零件往後延伸。

「我……我記住了。小鈷姊是雙馬尾，小錳姊是單馬尾……」

「誰跟你馬尾！還有，只有吾王可以用暱稱叫我！等這場對戰結束，我就找你挑戰，你覺悟吧！」

「哇、哇啊，對對對不起！」

春雪縮起脖子的瞬間，離他們有一段距離的地方卻歡聲雷動。

「阿角～好好打～！」

「不要被新人幹掉啦，你要硬起來——！」

春雪心想機不可失，一轉過頭去，就看見寬廣的道路兩旁所蓋的大樓屋頂上，有著超過三十名的觀眾。即使是熱門的中２戰區，聚集這麼多觀眾的對戰也沒這麼常見。

「喔喔……不愧是阿角兄，好受歡迎……」

春雪喃喃自語，藍色軍團的高階幹部兼藍之王Blue Knight左右手Mangan Blade就站到他身旁，微微改變語氣說：

「不……在場的觀眾應該有一半以上，都是登記要看Cerberus的對戰。」

「咦？可、可是他才1級耶？」

「Crow，你功課做得不夠啊。Cerberus這幾天……」

女武士說到這裡卻閉上嘴，視線朝大道南方望去。

「……來了。你自己看看對戰，就會知道那個菜鳥為什麼能吸引這麼多觀眾。」

「是、是喔？」

春雪含糊地回應，仔細看看周圍的狀況。

此地和春雪開始加速的方南大道已經有段距離，幾乎位在整個對戰空間的最北端，也就是中央線中野車站附近。眼前南北向延伸的大馬路就是中野大道，道路對面的大型多功能商場是「中野太陽廣場」，更後面的大樓是中野區公所。至於聳立在更右邊的建築，應該就是商業大樓「中野百老匯」吧。

到了煉獄空間內，這三棟大樓都換上了有機生物狀扭來扭去的外型，不過春雪常來這一帶逛，所以勉強認得出來——因為中野百老匯裡有著品項齊全的老遊戲軟體專賣店。對了，回去之前就去逛逛吧，啊不對，我的本尊還在南邊很遠的地方——

春雪正轉著這樣的念頭，就看到有個高大身影發出氣勢磅礡的音效衝來。這人有著角冰般稜角分明的裝甲、一身略顯透明的冰藍色，額頭上更長出極具特色的角，他就是獅子座流星雨數一數二的敢死隊Frost Horn。他不是用跑的，而是以沉腰姿勢高速滑行移動，看樣子是只讓腳下的地面結出一成薄薄的冰，藉此在冰上滑行。

這個月初春雪跟他在都廳附近對打的時候，他應該沒用過這樣的移動方法才對。儘管這一招並不搶眼，卻能夠彌補大型虛擬角色移動速度緩慢的缺點，可說非常實用。春雪暗自佩服，心想真不愧是實戰派，進步好快。

但包括春雪在內，只有寥寥數人看著Horn這招堪稱滑冰衝刺的技巧，其餘三十名觀眾似乎都只專心注視大道往南的方向。而且不知道為什麼，每個人都神情緊繃。春雪納悶之餘，也跟著往左看去。

南邊可以看見跨過馬路的中央線高架軌道，以及狀似邪教神殿的中野車站。

觀眾的視野內會有二軸式導向游標※標示對戰者位置，其中一個游標就指向高架軌道下方的暗處，春雪也就專心凝視那兒，沒多久就有一個人影從深沉的黑暗中慢慢走了出來。

這人又瘦又小，與Horn形成鮮明的對比。他四肢沒有明顯的突起，手上也沒有任何武器。在煉獄空間微弱的光線照耀下，裝甲是帶著點咖啡色的消光灰。

春雪看到這裡，又納悶了起來。

根據身旁的小錳所說，這個虛擬角色的名稱是「Wolfram Cerberus」。按照BRAIN BURST的規則，Wolfram這個字應該是顯示顏色的英文單字。但春雪不但不知道這是什麼顏色，甚至根本不懂這個字的含意。

春雪在腦子裡寫下備忘錄，告訴自己對戰後要查一下字典APP，同時繼續檢視這個他第一次見到的1級虛擬角色。只是看來看去，也只有狀似犬科動物的面罩算是比較明顯的特徵。從仿上下兩排牙齒造型的頭盔之間，可以看見泛黑的護目鏡式鏡頭眼。整體造型的確精悍，但動物型虛擬角色並不算太稀奇。像春雪熟知的紅色軍團Blood Leopard，就有著仿豹頭造型的臉孔，綠色軍團的Bush Utan也名副其實很有靈長類的模樣。

說穿了，Wolfram Cerberus就是個無論顏色或造型都相當不起眼的對戰虛擬角色。讓春雪想不透的是Wolfram這個單字……如果這個單字是取自於他這狼一般的外觀，那麼排在下面的Cerberus就是顏色名稱了，這跟正規的命名規則相反。

——不對，Cerberus這個單字很眼熟。記得在哪個遊戲的怪物裡就有這樣的名字……

春雪正要搜尋自己的記憶，卻聽到一個少年說話的聲音迴盪在整個對戰空間中。

「請多多指教！」

這個聲音是來自站在中野區公所前路口正中央的Cerberus。從高架軌道下走出來的他，雙手緊貼大腿兩側，猛然低頭鞠躬。無論角度還是力道，這個鞠躬動作都非常標準。

「喔……喔喔？」

春雪不由得驚呼出聲。他自己還在1級的時候，滿腦子都只想著怎麼突襲對手，幾乎從來不曾像這樣好好打招呼。不，即使到了升上5級的現在，似乎也沒什麼改變。

「他真有禮貌……不知道『上輩』是誰。」

春雪自言自語，不經意地朝四周的大群觀眾看了一眼。如果是1級的新手，上輩會來觀戰並不稀奇……而且一般來說，上輩往往還會大肆利用可以接近對戰者十公尺以內的特權來提供建議。

春雪正四處張望時，女武士的耳語聲傳來：

「那小子的上輩不在這裡。而且，根本就沒人知道他的上輩是誰。」

「咦……沒人知道？」

春雪不由得往旁看了一眼，小錳就從護額下回以銳利的目光：

「我跟小鈷本來還有點懷疑是你……不過看你這樣子，似乎不是啊……」

「咦……我？等等……咦、咦咦咦？」

春雪差點忍不住叫出來。

「我、我是他上輩？怎、怎怎怎怎麼可能，太扯了啦，我要收下輩還早了一千年呢，而且為什麼會懷疑到我頭上啊？」

「這……」

小錳正要回答，底下的道路就傳來粗豪的吼聲。

「竟然連奇襲都不用，好膽識！」

說話者當然是正以滑冰方式衝刺的Horn。他整個人更加往前傾，加快速度繼續喊叫：

「可是！你這種態度根本是在藐視我，這可不是我的錯覺啊！不要以為你贏了阿電就可以囂張！」

「這、這麼說太過分了啦阿角～～～！」

他的搭檔Tourmaline Shell在大樓屋頂這麼一喊，春雪便震驚地心想「咦，他打贏了4級的阿電兄？」而在這段期間，兩名對戰者的距離也急速縮短——

距離少於二十公尺的瞬間，Horn雙手用力在身體兩側擺出架式，額頭與雙肩上的角發出蒼白光芒。

「不囉唆，直接上啦……『結霜領域（Frosted Circle）』！」

啪一聲清脆的音效響起，光環以Horn為中心往外擴散。地面與建築物一納入光環之內，立刻覆上一層雪白的冰霜。

春雪實在太震驚，以致於忘了剛剛還在和小錳說話就探出了上半身。他之所以震驚，並不是因為這一招的效果，而是因為Frost Horn已經先把計量表累積到夠放一次必殺技。

「遇到敵人之前就先集計量表」這樣的行為，可說是極為基本的對戰技巧，但對戰一開打就先躲起來偷偷破壞各種地形物件，看起來也實在有點小家子氣，所以高等級超頻連線者對上低等級的對手時不太會這樣。

以「衝就對了」為座右銘的Horn竟然會做這樣的事，就表示他嘴上囂張，其實卻對1級的Cerberus充滿戒心……？

「唔喔喔喔喔！吃我一招男子漢的肩撞！」

Horn在大吼聲中挺出右肩上的角，擺出衝撞姿勢。觀戰的春雪將場上情形看得清清楚楚，但那「結霜領域」內全是一片白茫茫的霧，對手Cerberus應該看不見Horn的身影。要等看穿衝撞軌道才閃避是來不及的，只能提早賭一把，找一個方向跳開。

——本來應該是這樣，但灰色的1級玩家卻動也不動。

他迅速壓低身體，往前挺出仿狼外形的頭部。雙拳在胸前互碰，護目鏡的上下兩個部分就咬合在一起，完全遮住了臉孔上的視鏡。這個模樣微微刺痛春雪的記憶，但他尚未想到理由，Cerberus便跟著放聲大吼。

「唔……喔喔————！」

這聲戰嚎在少年的堅毅中摻雜著野獸的猙獰，甚至令人覺得很美。整個空間緊繃振動，觀眾都不約而同地往後一縮。

Cerberus腳下凍結的地面霹啪一聲碎裂，小個子的虛擬角色也以了彈般的勢頭往前衝刺。他的軌道……與Horn的衝撞完全在同一條直線上。

「難……難道他想硬碰硬？」

春雪發出沙啞的聲音，同時小錳也低聲咒罵。

「那個傻瓜……」

緊接著——

一聲堅硬又銳利到了極致的衝撞聲響，轟然撼動整個對戰空間。從中野區公所前路口為中心所發生的震波實在太大，讓隔壁棟的太陽廣場所有窗戶應聲碎裂。

結霜領域創造出來的冰霜也全數粉碎，化為慘白的爆炸煙塵遮住整個路口。三十多名觀眾吞著口水，看著這些煙霧被風吹散。

「唔、唔喔喔…………」

有人發出了這麼一聲。

煙霧散去後，出現在路口的，是兩個在零距離完全靜止不動的對戰虛擬角色。Frost Horn右肩的角與Wolfram Cerberus尖銳的額頭，只有一個點碰在一起。雙方腳下的金屬路面都有著無數道縱橫來去的裂痕，在在訴說出這次衝擊有多麼驚人。

…………啪。

春雪聽見了這麼一聲輕響。

霹、啪。硬質的破碎聲響，聽起來也有幾分像是玻璃破裂似的夢幻感。這顯然不是來自場地，而是對戰虛擬角色逐漸破碎的聲響。

「他果然……承受不住啊……」

春雪在嘆息中輕聲說出這句話。不，說來眼前的光景已經是奇蹟了。由5級，而且還是重量級近戰型的Horn使出全力衝鋒，1級的Cerberus卻從正面擋下了他的衝撞，光是沒有被撞飛就已經值得大加讚賞。小錳的「傻瓜」這句評語未免太苛。

視野上方兩條體力計量表之中的一條，一口氣有三成以上染成紅色。

確認了這條計量表下方名字的那一瞬間，春雪愕然發出驚呼：

「這……………」

就在他將視線拉回戰場的同時，Frost Horn的右手從肩膀到指尖當場粉碎四散。春雪凝視著這個失去平衡、右膝跪到地上的冰色巨漢，這才懂了小錳那句話真正的含意。

那是她以獅子座流星雨高階幹部的立場，對自己軍團中級團員所下的評價。也就是說，早在衝撞發生之前，她就已經預料到這樣的結果。

「怎……麼會，為什麼……會這樣……？」

春雪在難以置信地驚呼。

BRAIN BURST有著「同等級者總潛能相等」的原則。從相反的角度來看，也就表示只要等級不同，實力便會跟著不一樣。如果只差一兩級也還罷了，面對高了四級，而且還是近戰型角色的衝撞，卻同樣以衝撞阻止……不，是撞贏對手，這種情形怎麼想都不可能發生。如果眼底發生的光景中並不包含任何障眼法，就表示這個Wolfram Cerberus有著極高的近戰物理攻擊／防禦力，高到足以顛覆整整四級的等級差距。

「……是靠強化外裝……？還是說，難道是……」

——心念？

小錳趕在春雪即將說溜嘴之際制止。

「不對，那就是這小子……是Cerberus自身顏色所帶來的基本性能。」

「顏、顏色……？Cerberus這個單字指的是什麼顏色……？」

春雪以顫抖的聲音反問時，道路上的打鬥也已經繼續進行。但或許是因為失去一隻手，最強的必殺技也被破解，讓Horn的動作有欠精彩。Cerberus對他龐大的身軀毫不畏懼，果敢地搶攻，一點一滴扣掉他的體力計量表。

「他的色名當然是『Wolfram』。」

小錳以嚴肅的眼神俯視戰場之餘，低聲說出這句話。

「咦……那跟狼沒有關係了？Wolfram……是色名……？」

「正是。不……正確說來，應該是裝甲材質的名稱，就跟我們一樣。」

Mangan Blade說到這裡，轉頭正視春雪。

「『Wolfram』這個單字，指的是某種金屬……但是在日本，瑞典語的單字比較通用。順便告訴你，『Cerberus』也一樣，在日本常用的是希臘語的單字。也就是說，這小子的名字可以翻譯成……」

Frost Horn終於力盡不敵，巨大的身軀在道路上粉碎四散。刻上Wolfram Cerberus名字的勝利

者顯示視窗佔滿了春雪的視野。就在對戰分出勝負的音效伴奏下，小錳低聲說道：

「『鎢之地獄犬（Tungsten Kerberos）』。」

由於自己的對戰虛擬角色屬於金屬色，春雪曾經查過一些常見金屬所具備的特徵。

例如「金」非常重，化學上很穩定，但軟得用手就可以輕易彎曲。「鎂」非常輕，經過鍛造就能具備充分的強度，但容易與氧分子結合。「鋁」又輕又軟，但鍛造成合金就會強韌得驚人。而「銀」雖然比不上金，卻也十分穩定，在所有金屬中導電率最高，另外根據昨天拓武追加的知識，對可見光的反光率也是最高。

當然，現實世界的金屬所具備的這些性質，未必都會原原本本地反映到加速世界的金屬色虛擬角色身上，但至少最大的特徵應該會呈現。

那麼如果有個虛擬角色名稱中有著「鎢」，又會有著什麼樣的特色……或說性能呢？

在現實世界中，鎢會拿來製造戰車的裝甲，或是用來貫穿裝甲的穿甲彈，另外用來加工其他金屬的鑽頭或刀具也會用到。說穿了，就是硬。它的硬度已經超出金屬的範疇，直逼鑽石。

那麼Tungsten——在英文叫做「Wolfram」的這個虛擬角色，應該也繼承了這個特色。

「……最硬的……金屬色……？」

春雪這句話在無意識中脫口而出，站在他右邊的Mangan Blade點了點頭。

「現階段應該可以這麼說。」

就在眼底的中野區公所前路口上，這個有著鎢材質裝甲的小個子虛擬角色，對已經退場的Frost Horn再度深深一鞠躬，以響亮的嗓音說了聲「謝謝指教！」難得在加速世界裡看到這麼有禮貌的玩家，讓平常不太會這麼做的觀眾都給予熱烈掌聲。

春雪正要鼓掌，小錳卻接著說了下去。於是他停手不拍，轉過頭繼續聽。

「……這個Wolfram Cerberus開始在澀谷第一、新宿第三，還有這中野第二戰區出現，還不到三天。你光是淨化『鎧甲』就無暇他顧，也難怪你不知道。」

「是、是啊……我在今天以前，連他的名字都沒聽過……」

「可是他帶來的震撼，卻比兩個月前在新宿、澀谷一帶大鬧的『Dusk Taker』還大。Taker是把『遠程火力』和從你身上搶去的『飛行能力』組合起來，那是種看一眼就知道的強……」

「這、這個……當時真的很對不起。」

春雪沒預期會聽到「掠奪者」的名字，不由得開口道歉，結果小錳傻眼地哼了一聲：

「你明明也是受害的一方好不好——不管怎麼說，Cerberus和Taker不一樣，他的實力深不可測。」

「咦……？不就是屬於最硬的金屬鎢，所以非常硬而已嗎？」

「是很硬，但他的戰法卻一點也不僵硬。一般而言，1級的菜鳥都會太拘泥於自己的能力而導致視野狹隘，戰法也變得僵化。就像Crow你以前太注重飛行，反而一直被紅色系的那些狙擊手射下來。」

「是、是啊……真的，很對不起。」

春雪又反射性地先道歉再說。小錳再度哼了一聲回應，繼續說下去：

「不過，硬度雖是Cerberus最強大的優勢，他卻只在最有效的關鍵場面動用。這場對戰之所以會速戰速決，全是因為Horn那個直性子的傻瓜劈頭就正面硬衝。可是……換做是正常的1級玩家遇到那樣的場面，不管對自己的硬度多麼有自信，老實說也未必就敢那樣毫不遲疑地硬碰硬。」

「……的確，Horn兄的肩撞衝鋒那麼有魄力，他卻一點都不怕，還用頭錘去迎擊啊……換做是我1級的時候，整場大概有二十五分鐘都在四處逃竄。」

春雪忽然對自己說的話覺得不對勁，轉頭查看視野上方正中央的倒數讀秒。從一八〇〇秒開始倒數的數字，還剩下將近一〇〇〇秒，讓他微微吃了一驚。朝四周一看，有一半以上的觀眾都已經退出對戰空間，Cerberus則似乎在馬路上操作起自己的系統選單。除非時間到，或是他登出超頻連線，否則這個空間就不會消失。

小錳也同樣將視線投向馬路上，嚴肅地瞇起一對鏡頭眼，同時壓低音量說：

「……這小子似乎沒有『上輩』陪同，也沒參加任何軍團。那麼，他這種對戰直覺到底是在哪裡培養出來的……？又或者，如果他打從一開始，就能只靠自己打得這麼漂亮，那他真正的能力就不在於鎢的硬度……」

「……不在硬度……？」

春雪吞了吞口水，等著她說下去：

「……而在於他是『天才』。也就是說，他具有對戰……不，是具有所有超頻連線者需要的一切。他擁有上天賦予的才能。」

——天才。

一聽到這個詞，春雪便感受到內心深處最柔軟的部分用力萎縮。因為與有田春雪最無緣的就是這個詞。

黑雪公主動輒把「你的快是沒有任何人比得上的才能」掛在嘴邊，但這「快」——也就是在VR環境下的反應速度，絕對不是與生俱來的能力，這點他自己再清楚不過。

春雪從小就為了逃避現實世界中的不愉快而躲進虛擬世界，靠著無數VR遊戲打發大量的時間，反應速度只是這種行為中磨練出來的結果。當初讓黑雪公主看上眼的數字——在梅鄉國中校內網路虛擬壁球區打出的最高分紀錄，不過是躲在那裡逃避霸凌而累積出來的數字。

就是這份「快」，將「飛行能力」這種獨一無二的能力，賦予他在加速世界的對戰虛擬角色，這點應該是事實。但春雪能夠不耗光點數，度過好幾次危機撐到今天，全是靠了許多……

真的是許許多多的人給他幫助。他多半找不到任何一個問題只靠自己就能解決。這次的「理論鏡面」特殊能力學習任務也是一樣，多虧仁子與謠等人拚命為他指路，才總算找到了一個模模糊糊的啟示……

「……受不了，也未免同時發生太多事情了！」

小錳忽然冒出這麼一句話，打斷了春雪的負面思考。他驚覺地抬起頭來問說：

「同……同時？」

「難道不是嗎？像那個噁心的『ＩＳＳ套件』開始蔓延、『大天使梅丹佐』的移動，還有『Wolfram Cerberus』的出現，全都發生在這一週之內啊。」

「對、對喔……的確……」

「你的『災禍之鎧』問題能在前天全部解決，已經算是僥倖了。要是你變成通緝犯，搞得大家得派討伐隊去對付你，我可不敢想像會忙成什麼樣子。當然，我可不會對你道謝！」

「這、這是當然了，是。」

春雪低頭哈腰之餘，忽然間有了個想法。在淨化災禍之鎧「The Disaster」這件事上，或許可以說自己也曾小小努力過。當然他得到了很多人幫助是沒有錯，但途中應該也有過一兩次只靠自己頂住的狀況。

即使沒有天賦的才能，相信自己一定也漸漸有在成長。這樣的念頭讓春雪多少恢復了一點信心，下意識地對Mangan Blade再度低頭說：

「這個……謝、謝謝妳。」

「……輪不到你來謝我。」

「啊，說、說得也是啊哈哈哈。」

他們聊著聊著，此時馬路上的Cerberus似乎也操作完系統選單，抬頭看著只剩十人左右的觀眾，以宏亮的聲音大喊：

「那我要失陪了！謝謝各位觀眾！」

一般來說觀戰是為了欣賞對戰取樂，或是針對將來遲早要對上的對手收集情報，實實在在輪不到對戰者道謝。但Cerberus的態度實在太爽朗，讓眾人不由得鼓掌回應。

灰色的金屬色角色再度深深一鞠躬，大聲喊「超頻登……」卻在途中住了口。

春雪注意到狼形的面罩直視著自己，忍不住想躲到小錳身後，但少年充滿英氣的話音卻搶先一步送到屋頂。

「請聽我說！要是認錯人，我先說聲對不起！請問這邊這一位……該不會就是黑暗星雲的Silver Crow兄？」

春雪微微縮了一下。要是現場只有他們兩人，他幾乎肯定會連連搖頭表示「你認錯虛擬角色了」。但包括小錳在內，留下來的每一個觀眾都明確知道站在這裡的人就是Silver Crow，實在沒辦法蒙混過關。

他只好以形成鮮明對比的含糊口氣回答：

「這、這個嘛……是啦……」

Cerberus聽到以後快步跑到大樓正下方，以更起勁的聲音喊說：

「幸會！我一直想見見Crow兄！本來打算等升上2級，就要去杉並區打擾……真沒想到今天就能在這裡見到你，我好感動！」

「這、這可不敢當……」

過去常有人對他說「能擊墜你讓我好痛快」，卻完全沒人說「能見到你我好感動」，讓春雪不明白怎麼回應才好，只能一直縮著脖子。正當他猶豫著該跑掉還是該講幾句話時……

Cerberus說出的下一句話，從正面貫穿了春雪。

「Crow兄，我有個請求！請你就這樣跟我『對戰』！」

系統上有兩個方法，可以不讓「對戰」結束就直接開啟下一場「對戰」。

一種是從一對一的正規對戰，切換成讓多名觀眾加入對戰的「亂鬥」模式。由於這種方式必須要所有受邀觀眾都同意切換才能實現，所以沒這麼容易發生。

另一種方法，則是在正規對戰結束後，由勝利者向一名觀眾挑戰，立刻展開下一場對戰。由於省了停止加速↓再度加速的手續，乍看之下還挺方便的，但這種方法也幾乎沒有人在用。理由是挑戰方同樣必須消耗1點超頻點數……以及連戰的消耗往往超乎當事人的自覺。

在加速世界的打鬥，消耗比一般的全感覺型對戰遊戲大上相當多。這不是因為時間加速到一千倍，而是來自壓倒性的行動自由度、多樣化的對戰場地，以及每個人都是獨一無二的對戰虛擬角色這三個因素共同醞釀出來的高度策略性。對戰者從尚未接敵時就要拚命動腦，等進入格鬥戰更必須專注到極限。春雪儘管當上超頻連線者已有八個月，但打滿三十分鐘回到現實世界後，也會累得幾乎癱坐下來。連眾人心目中最可怕的狂戰士——歷代Chrome Disaster，也會因為承受不住毫無休止的連戰消耗而落敗。

因此，幾乎所有超頻連線者在剛結束對戰後，都會關掉神經連結裝置的全球網路連線，至少休息個幾分鐘。Wolfram Cerberus雖然還只有1級，卻也不是第一次對戰，不可能不知道這個理論。

但他卻毫不退縮地來找春雪挑戰。這個小個子虛擬角色全身充滿了不在意勝敗，只是純粹想跟Silver Crow打一場的意志，等著春雪回答。

——那種狀況下，我有權說我不要嗎？沒有。

春雪在內心這麼嘀咕，同時朝顯示在視野上方左側的體力計量表看了一眼。計量表下方的名字是Silver Crow，右側是Wolfram Cerberus。正中央的倒數還剩下整整一七〇〇秒。

也就是說，春雪接受了擁有超高硬度的鎢裝甲，還讓獅子座流星雨高階幹部Mangan Blade評為「天才」的超級新人所提出的挑戰。

他來這中野第二戰區，的確是來對戰的，而且早在把神經連結裝置連上全球網路的時候，就已做好不管對上任何對手都要應戰的覺悟。但如果對手是區區1級就從正面粉碎5級玩家的破格超頻連線者，那又另當別論了。春雪希望至少能再看他打個兩、三場……不，是看他打個五、六場對戰之後再來交手……

「————不行，事到如今哪還能退縮！」

春雪小聲喝叱自己，瞪著視野中央的導向游標。

從Cerberus的態度看來，即使不在這個地方碰上，當他在對戰名單中找到Silver Crow的瞬間，便很有可能會主動挑戰。比起突然遭到挑戰，現在至少知道了對方的一小部分特徵，這樣的狀況已經夠幸運了。既然Cerberus堂堂正正向春雪挑戰，春雪該做的就是忘了等級差距，全力應戰，這才是該有的禮儀。

春雪花了大約一〇〇秒的時間，成功將方寸大亂的思緒切換過來，再度觀察四周。

幾分鐘前還有著生物形貌的大樓群，換成了由直線鋼筋與平整鋼板組合而成的結構。就在Crow對Cerberus這場對戰開始的同時，空間屬性也從「煉獄」變成了「鋼鐵」。這種屬性的特徵，就是所有地形物件都非常硬，電力與磁力效果會加強，以及腳步聲異常地大。Silver Crow特別怕電擊，所以如果對上這類虛擬角色，就得小心對方隔著地形讓他觸電，但這次不需要提防這種事……應該吧。

該留意的，或許是腳步聲。金屬虛擬角色與正常顏色相比，有著腳步聲較大的弱點。無論是春雪或對手，都不可能無聲無息地在鋼鐵場地中奔跑。再加上這裡地形極為複雜，腳步聲肯定會成為決定勝敗的關鍵。再度增加到三十人以上的觀眾多半也理解到這點，不像先前Horn對Cerberus戰時那樣起鬨，只是靜靜地站在四周的大樓屋頂上觀戰。

「…………喔，來啦。」

這時導向游標從視野中消失，春雪不禁小聲自言自語。

就在對戰開始的同時，兩人也隨機出現在不同的位置。春雪現在位於整個場地幾乎最北端的「中野百老匯」東側道路上，Cerberus則從對戰開始的同時便從西方直線接近，但由於這棟大型購物商場聳立在行進路線上，因此他只能從北邊或南邊繞過來。鋼鐵空間內允許對戰者進入建築物，但中野百老匯只有東側牆上有出入口，所以有也等於沒有。

——不是北邊就是南邊啊。

春雪在內心自言自語，把全副精神專注在聽覺上。

他擬定的作戰極為單純。先隔著無法破壞的大型建築物，把敵人的移動路線限定到只剩兩條。接著再靠腳步聲限定到一條，以突襲試圖先發制人。雖然他的腳步聲也一樣十分響亮，但Silver Crow有著可以利用翅膀進行長距離跳躍的優勢。若只是移動到大樓最南或最北的角落，應該勉強可以無聲滑翔過去。

——就看你從哪一邊來！

春雪背部靠向由厚重鋼板構成的大樓牆上，等候聽覺接收到金屬與金屬碰撞的聲響。

幾秒鐘後，他聽到了想聽的聲響。

但方向卻不是北方，也不是南方，而是來自東方。也就是春雪的正後方。

鏘一聲刺耳的破壞聲響中，灰色拳頭打穿鋼鐵牆壁，捕捉到了Silver Crow的右肩。春雪感受到一股像是被大口徑槍彈擊中似的衝擊，整個人翻轉著飛向前方，背部重重摔到路上。

春雪擦出火花停住，茫然看著從大樓外牆穿出的拳頭迅速縮了回去。他還來不及從震驚中平復，更加強烈的第二次破壞聲響已經響起。這次那厚度多半有五公分的鋼板呈放射狀撕開，一個虛擬角色從裡頭撲了出來。

Wolfram Cerberus只用一記頭錘，就破壞了照理無法破壞的鋼鐵屬性建築物，在春雪面前慢慢站起。像牙齒般上下咬合的護目鏡唰一聲開啟，露出深灰色的護目鏡。

從外面看不到底下應該存在的鏡頭眼光芒，但春雪卻痛切感受到視線像雷射般強而有力地筆直貫穿了他。蘊含著青春熱情的嗓音挾帶著空間屬性特有的回音，宏亮地發了出來：

「我是第二次碰到『鋼鐵』場地，果然很硬啊！我到現在還頭昏眼花呢！」

這開朗的台詞，讓春雪總算從發呆的狀態醒來。他一邊確定對方無意趁他起身時攻擊，一邊迅速站起。

第一次從極近距離看見的Cerberus，儘管形狀與色彩都不起眼，卻散發出一種獨特的存在感。理由就在於他的金屬裝甲上有著淡淡的細線狀紋路，粗糙得像是在說千辛萬苦才把難以加工的材料削製完畢，實在無暇顧及表層的打磨。甚至讓人覺得與同屬金屬色卻有著平滑鏡面裝甲的Crow是兩個極端。

「……可以問你一個問題嗎？你怎麼能把我的位置抓得這麼精準？這應該不是碰巧吧？」

這不是5級玩家該對1級玩家說的話，但春雪就是無法忍住不問。即使看穿春雪試圖伏擊的企圖，照理說應該也沒有任何手段可以從厚重的鋼板另一頭就看穿春雪位置。

Cerberus聽他這麼問，站直身體後莫名地鞠了個躬說：

「我用了突襲的手法，真是非常失禮！我並不是抓出了Crow兄的位置，只是因為那裡正好是大樓牆壁的正中央。我就是喜歡正中央。」

聽到這個回答，先前一直保持肅靜的觀眾忍不住發出驚嘆聲，春雪也茫然看著Cerberus背後的牆壁。他跳出來的這個大洞，的確像是位於往北與往南距離都精準相等的位置。而且應該說春雪自己就是在正中央等待，無論Cerberus不管從哪邊來都能應付。所以哪怕只是往旁偏開一公尺，也就不會挨到這先發制人的一拳了？

春雪朝自己的體力計量表瞥了一眼，發現右肩挨到的這一拳就打掉了將近一成體力。這裝甲硬度造成的近戰攻擊力，果然不容輕視。

然而，反過來說——只要不中招就好了。

「……原來如此。我資歷比你深卻還想伏擊你，我才該道歉。」

春雪以道歉回應道歉，慢慢舉起雙手，擺出左手在前，右手後縮的架式。

「接下來我不會躲躲藏藏了。我們都是近戰型，就用格鬥戰分個高下吧。」

「好的！正合我意，還請多多指教！」

春雪半側身站立，Cerberus則正面對向他，雙手先在身前交叉，才碰出高亢的聲響收到兩側。虛擬角色的身高是Silver Crow略高，但說到重量，則多半是造型以直線為主的Cerberus較重。

由於在上一場對戰中看見Frost Horn幾乎是一面倒地被打敗，春雪提出以格鬥戰的提議，絕不是看輕對手。但他仍然自負，若是只用拳腳絕不會落於下風。因為速度是連他的劍之主黑雪公主都予以肯定的優勢，是Silver Crow最強的能力。

緊張感在對峙的兩人之間不斷竄升，幾乎緊繃得讓空氣也開始帶電的鬥氣，讓腳下的鋼板應聲凹陷。這一瞬間，春雪有了動作。

「嗤……！」

他在尖銳的喊聲中猛然衝刺，一口氣拉近距離打出右手長拳。

Cerberus不閃不避，試圖以左手格擋。看來他對自身的防禦力果然有著絕對的信心。露出粗獷削切痕跡的裝甲看來極為堅硬，要是硬打下去，說不定反而是自己的拳頭會受傷。

但春雪在拳頭即將觸及對方的手時，以右邊翅膀瞬間急停。身體猛力扭轉而收回拳頭，並利用這股旋勁，不帶預備動作使出左腳下段踢。他要踢的部位，乃是Cerberus下半身中狀似裝甲最薄弱的右膝側面。

若是只用虛擬角色的五體，使出這種從右直拳假動作轉為左腳下段踢的連段，真正的意圖無可避免會在動作中洩漏出來，但用翅膀控制姿勢就能讓對方無從預判。即便如此，Cerberus仍然展現出過人的反應速度，試圖舉起右腳格擋……但春雪還是快了一步，先行踢中。

金屬與金屬對碰，撞出高亢的衝擊聲響，激出無數火花照亮地面的鋼板。

被踢得上身一歪的Cerberus揮出右鉤拳反擊，但春雪已經往後跳開兩公尺以上。當然，他在後退時也讓翅膀推力發動了零點幾秒。

春雪往計量表一瞥，剛剛那一腳讓Cerberus的體力計量表減少了百分之五左右。以完全命中而言，損失的幅度未免太少，但看來只要專挑裝甲縫隙攻擊，還是可以對他造成損傷。既然確定這一點，之後要做的事就只有一件……

——上前搶攻！

「唔……喔喔！」

春雪大吼一聲，再度衝上前。

他從踢不中的距離使出一記右腳上段踢，再用雙翼的推力往前。曲線軌道突然變成直線，伸出的腳尖化為一把銀色長槍，溜過Cerverus的雙臂防禦，在他裝甲較薄的喉頭踢個正著。這一腳削減了體力計量表將近一成，Cerverus整個人被踢得往後仰。

本來這時候春雪才剛大動作踢出一腳，在腳落地之前都無法再行動。但他在收起伸直的右腳同時，用力振動了左邊翅膀。

他以翅膀產生的推力當踏板，左腳使出中段踢。這一腳踢在對方空門大開的右側腹，連堅硬無比的Cerberus也不由得腳步踉蹌，單膝跪地。春雪在空中斜向扭轉身體，右腳腳跟垂直下壓。這一腳猛然踢中Cerberus的頸子，讓矮小的虛擬角色一頭栽到地上。

春雪利用腳跟下壓踢的反作用力，以後空翻拉開三公尺左右的距離落地，這時大樓屋頂上排排站的觀眾再度發出騷動。

「他那動作是怎樣，事先根本看不出來預兆啊。」

「你不知道喔？那就是Crow的『空中連續攻擊』啊。」

「好久沒看見Cerberus倒地啦。」

春雪不經意地聽著觀眾的談話，呼出憋在胸口的氣。

連續三腳踢個正著，讓Cerberus的體力計量表降到了七成。但以5級對1級打出的損傷而言，實在相當少。換做正常情形，就算已經降到黃色區也不稀奇。

要照這樣的速度繼續打完剩下的七成絕非易事——話又說回來，春雪還是看到了勝機。儘管防禦力，甚至攻擊力多半都不如對手，速度卻佔了優勢。之後只要不因鬆懈而分心，就能用「空中連續攻擊（Aerial Combo）」壓著對手打……

「——可是，這樣一來Cerberus也集夠了必殺技計量表，接下來才是勝負的關鍵吧。」

忽然聽到觀眾這麼說，讓春雪再度朝視野上方看了一眼。在中野百老匯的牆上打出大洞的物件破壞加成，外帶連續被踢中好幾腳，讓Wolfram Cerberus的必殺技計量表已經累積到半條以上。

難道他不只有鎢材質的超硬度裝甲，還有必殺技可用？

就在春雪倒抽一口氣時，倒在鋼鐵路面上的Cerberus緩緩起身，把狀似狼的頭部搖了兩三下，以同樣開朗的語氣說：

「哇……真有你的，Crow兄。雖然我早就聽過傳聞，但你遠比我想像中來得更快……」

「……你也比我想像中硬得多了。」

聽春雪這麼回答，灰色的虛擬角色鞠躬道謝：

「謝謝誇獎。可是……對不起，其實還早呢。」

春雪一時聽不懂這句話的含意，只能呆呆地複誦。

「還早……？什麼東西還早……？」

「我馬上獻醜。」

Wolfram Cerberus平淡地這麼回答後，握起左右雙拳，在胸前鏗的一聲互擊。

而這個動作就像開啟了某種開關，讓他臉部上下的護目鏡發出尖銳的金屬聲響咬合，遮住了護目鏡。

發生的現象就只有這樣。剛剛春雪也曾看過好幾次這樣的裝甲開閉動作，但Cerberus的體型並未改變，也沒亮出什麼新武器。

「……這到底……」

回答春雪這句話的，是突如其來的衝刺。

Cerberus從正面毫不取巧地衝來，讓春雪有些納悶，但他隨即將意識切回戰鬥模式。如果對方想分出高下，那正合他意。Silver Crow背上雙翼唰的一聲張開，主動迎了上去。

先用下段踢絆住對方的動作，再展開連段攻擊。春雪懷著這樣的意圖，迅速地踢出右腳。瞄準的部位同樣是先前成功打出傷害的膝蓋側面。這一腳加上翅膀的推力，以快如電閃的速度劃向Cerberus的左腳。

到這裡都與先前的攻防一模一樣。

但下一瞬間，春雪卻驚愕地瞪大雙眼。

右腳腳尖理應已經完美地踢個正著，卻彷彿撞上一堵金剛不壞的牆壁，當場彈了回來。而且不止彈回來，銀色的裝甲還嚴重凹陷，火紅的受創特效就像鮮血似的在空中拉出一道弧線。這並非只是視覺上的特效，Crow的體力計量表整整扣了將近一成。

「這…………」

春雪驚呼之餘，在空中失去了平衡，而Cerberus尖銳的頭盔已經逼到眼前。

Silver Crow拚命擺出防禦架式，緊接著就是一陣劇烈衝擊。一種彷彿單獨承受巨獸級公敵衝撞似的巨大壓力，輕而易舉地彈開他的雙手。

鎢製裝甲的前端，碰到——不，是埋進了春雪空門大開的胸口。

「嘎……哈啊！」

春雪發出肺裡空氣全都被擠了出來似的聲音，整個人被撞得往後飛起。

他轉眼間就飛過寬約五公尺的道路，背部重重撞在中等規模的大樓上，連鋼鐵空間強韌的外牆都撞得凹陷好幾公分。這劇烈的衝擊，讓他的視野瞬間變得一片全白。

胸部裝甲開出大洞的損傷，加上重重撞上物件的二次損傷，讓春雪原本還剩九成左右的體力計量表一口氣染成黃色。這種爆炸性的攻擊力實在可怕……不，甚至讓人想以離譜來形容。

而且，Cerberus毅然以全力使出頭錘後，還硬吃自己也會承受到的反作用力，毫不間斷地繼續衝來。

——這種時候繼續挨打，會一口氣被打到掛的！

春雪直覺做出這樣的判斷，扭動虛擬身體掙脫鐵板的凹痕，同樣上前迎戰。他卯足所有注意力，專心觀察Cerberus以非常大的動作揮出的右直拳。只要看看那烤焦四周空氣的特效，就足以看出這一拳所蘊含的威力，但與綠色軍團Iron Pound的拳擊相比，這一拳不但慢得多，軌道也不難預判。

「唔喔……！」

春雪由咬緊的牙關縫隙間發出吼聲，從低姿勢打出左拳。他試圖用手上的裝甲從內側彈開

Cerberus的拳擊，攻擊對方的頭部側面，可說是一種變體的交叉反擊拳。

灰色拳頭完全循著預測的軌道飛來。春雪則從內側打出半鉤半直的左拳迎擊。Silver Crow全身最堅固的下臂外側裝甲，與Cerberus肘關節內側只蓋上薄薄一片金屬護板的部位相碰，撞出了火花。

這次被彈開的……仍然是Silver Crow的手。Cerberus這一拳碰上春雪使盡渾身解數的交叉反擊拳，卻全不當一回事地撞了開去，重重打在春雪的左臉上。又是一陣不只視野，連意識幾乎都要消失的衝擊。春雪以翅膀的瞬間推力，拚命抵銷打得他整個人差點往後飛的力量。

——為什麼？

春雪用眼角餘光看見體力計量表已經扣到幾乎只剩三成，同時在腦中發出吶喊。

完美抓準時機以反制方式打出的拳擊與腳踢，為什麼會這麼容易被彈開？也許對方的鎢製裝甲確實有著超高硬度，但Silver Crow同樣也是在裝甲強度上有加成的金屬色。打中對方最脆弱的部位，卻換來這樣的結果，讓他完全無法理解。

——不對，還沒完，還不可以放棄。即使裝甲強度不如對方，我也還有速度……以及背上的翅膀！

——既然如此，我就把接連受到重大損傷而集滿的必殺技計量表全都用上，從超高高度使出全力俯衝重擊來分個勝負。Cerberus，你儘管試試看有沒有本事連我這一腳都彈開！

「唔……喔喔喔！」

春雪卯足剩下的所有鬥志，大吼一聲。他以迴旋帶著後跳的動作，驚險閃過對方在右直拳後使出的左鉤拳，順勢往後繞開，同時壓低姿勢。Silver Crow背上的金屬翼片完全張開，卯足全力振動十片翼片。

他以彎起的右腳猛力踹向地面，像火箭般垂直升空…………

「———？」

但就在這一瞬間，春雪又看到了超乎他想像的光景。

Cerberus在與春雪完全相同的時機微微弓身，以彎得幾乎發出聲的雙腳朝路面鋼板猛踹。

鏘———！一聲極大的聲響響起，路面出現波浪狀振動。矮小的虛擬角色成了一顆子彈垂直上衝，在空中扭轉身體，追上比他早了一瞬間離地的春雪……！

剛看見他全身猛力後仰，那護目鏡已經咬合的頭盔便用力撞在Silver Crow的頭上。

春雪同時聽見Crow鏡面護目鏡碎成粉末的聲響，以及自己剩下的體力計量表一口氣被扣到零的聲音。

【YOU LOSE！】

失去彩度的視野中，浮現出一行比勝利時微弱得多的火焰文字，接著顯示出戰績畫面。然

而春雪卻只是心不在焉地看著。

由於打輸整整低了四級的對手，現有點數以令人瞠目結舌的速度遽減，但春雪甚至沒有心力去注意這件事。對戰虛擬角色已經化為多邊形碎片爆開，他以只剩意識的幽靈狀態飄盪在死亡時的座標，茫然望向戰鬥結束之後的空間。

就在幾公尺外的地方，再度揭開護目鏡的Wolfram Cerberus面向春雪（應該在的方位）擺出立正姿勢，深深一鞠躬，接著以不帶任何諷刺的爽快語氣打招呼：

「謝謝指教！我打得非常開心！」

等戰績畫面出現後，落敗的春雪只要唸出「超頻登出」指令，隨時都可以離開這個空間。但現在他甚至沒有力氣說出這個指令，只能在思考停擺的狀態下看著這個新秀超頻連線者。

當然，他打輸對戰的經驗也不曾少過。無論是輸給等級比自己低的對手，或是在敵方體力計量表剩下不到一成的時候被大逆轉的情形，都不是只有一兩次。但那些時候，受到的打擊都不像現在這麼重。

春雪的精神會被重創到連沮喪的能量都不剩，一共有兩個理由。

首先是Wolfram Cerberus壓倒性的「硬度」。春雪過去交手過的超頻連線者中，有著最強防禦力的是綠之王，也就是「絕對防禦」Green Grandee。然而，當時儘管春雪處於和災禍之鎧The Disaster融合的狀態，仍然得以在王所舉起的大盾——神器「The Stripe」上打出一個小小的裂痕。

但從某個角度來看，這本來應該完全無法和9級王相比的1級玩家Cerberus，在某種意味上硬度甚至超越了Grandee……不，這實在太異常了。在前半段對戰時，用針對裝甲縫隙的方式還有辦法對他造成傷害，但等到後半護目鏡咬合之後，包括所有脆弱的部分在內，都硬得幾乎讓人覺得到了「全身無敵」的地步。每次春雪使出渾身解數的攻擊，卻只是被Cerberus的裝甲彈開，讓他在在感受到一種已經不只是驚愕而是絕望的情緒。

而重創春雪的第二個更重大的理由，則是「速度」。

在攻防的最終局面，春雪放棄在地上以格鬥戰取勝，將反敗為勝的希望賭在飛到極限高度之後使出的俯衝下踢。他還不忘留意起飛時的破綻，特意挑了剛閃過對方大動作攻擊之後的空檔，試圖以最短時間起飛。

但那一瞬間，Cerberus儘管明明晚了春雪一步起跳，卻超到剛起飛的Crow頭上。春雪在垂直起飛的行進路線上，被他一記頭錘敲下來，就證明了這一點。也就是說，哪怕只有最後那一瞬間，他在速度這方面也凌駕在春雪之上。

身為金屬色的硬度不及，最大優勢所在的速度也輸了，而且還是輸給據說當上超頻連線者才幾天的新手……

對戰結束過了十秒以上，春雪還是無法相信眼前的戰績畫面，茫然地在死亡地點飄盪。透過淡紫色的半透明視窗，可以看到小個子的灰色虛擬角色慢慢走遠。好幾個觀眾站在他的去路上，似乎在和他說話——多半是邀他參加他們的軍團——但春雪聽不見內容。

從Cerberus背後，看他面對這群資歷比他深的超頻連線者，仍然對答得不卑不亢，春雪也總算恢復了一點點思考能力，茫然地展開片段的推想。

同等級下總潛能相同的大原則。

這個大原則終於被打破了嗎？Wolfram Cerberus從一開始就獲得了1級玩家不可能會有的高性能？說來難以置信，但春雪怎麼想都只有這個可能，不，應該說是想這麼認為。他想認定是因為對上了超脫加速世界規則的例外……對上了犯規的對手，所以才會打輸。除此之外沒有理由會輸……

「——Silver Crow。」

忽然間，背後有個壓低的聲音叫著自己的名字，讓春雪猛然縮起隱形的身體。他戰戰兢兢地轉身一看，眼前的人有著微微偏綠的藍色裝甲，是女武士型虛擬角色Mangan Blade。

「其實我沒理由資敵……不過即將展開梅丹佐攻略戰，要是你就這樣沮喪好幾天，我們也會傷腦筋。還是讓我給你個建議吧。」

小錳應該看不見敗者的身影，但她的視線卻筆直捕捉到了春雪的眼睛，聲音也同樣以寶刀般的鋒銳切入春雪的意識。

「首先，你得要承認Cerberus的強。不從這一步開始，你永遠找不出正確的方向。他的能力……『物理無效』(Physical Immune)能力，的確有著壓倒性的優勢，你多半會想認定那是犯規。可是就在八個月前，很多超頻連線者也都有過這種想法——看到獨一無二的『飛行』(Aviation)能力時。」

「…………！」

春雪倒抽一口氣，小錳微微放緩語氣，對他輕聲說：

「Crow，你要回到原點。強大的力量，來自與力量成正比的深沉創傷，這你應該也知道。我只能說到這裡……剩下的，你就去找Cyan Pile問問吧。」

女武士以這句有點神祕的話作結，颯爽地轉過身去。她多半是邊走邊唸出停止加速指令，修長的身影迅速無聲無息地消失。

春雪儘管思考還處於半麻痺狀態，仍然將小錳的話深深烙印在腦海中，最後再度注視起上方的各種計量表。

Wolfram Cerberus的計量表還剩下七成之多，這場對戰所花的時間只有十一分鐘。

春雪用力握緊沒有實體的雙拳，緊閉眼睛與嘴巴，小聲說「超頻登出」。

一回到現實世界，血肉之軀也自然而然追蹤起他先前的動作。他沒睜開眼睛，而是費力張開顫抖的拳頭，按住神經連結裝置上的全球連線鈕。視野中顯示出斷線圖示，等圖示消失之後，春雪才張眼。

方南大道的夜景與他加速時不同，顯得有些模糊。春雪以右拳擦了擦眼角，低聲咒罵：

「…………可惡。」

他站在昏暗的人行道上，又罵了一聲：

「可惡！」

一敗塗地對他造成的打擊，隨著時間經過慢慢轉成懊惱。「對方的虛擬角色強得犯規」，這個藉口已經不能用了。如果那真的是「物理無效」，的確是一種非常強大的特殊能力……但說起來Silver Crow的「飛行」也不例外。他用上了整個加速世界中只有自己一個人擁有的翅膀，仍然徹底輸給了1級的對手。

「承認對手的強」。Mangan Blade這句話在春雪腦海中甦醒，但他實在無法立刻照辦。承認Wolfram Cerberus的強，也等於是承認Silver Crow的弱。這點他無論如何不能接受。他突破了超級公敵「四神」朱雀的把守，從「禁城」深處生還，甚至戰勝了「災禍之鎧」的支配……現在才要他丟下慢慢累積起來的自信，他實在承受不住……

就在這時，腦海中的角落迴盪著小錳的最後一句話迴盪。

——剩下的，你就去找Cyan Pile問問吧。

她為什麼會留下這麼一句話？為什麼會唐突地提到Cyan Pile——提到拓武的名字？拓武原本是參加藍色軍團沒錯，但從他因為春雪打了那一場而退團，已經是八個月前——

「啊…………！」

想到這裡的瞬間，春雪才總算注意到了這件事，不由得驚呼出聲。他腳步踉蹌，背靠在人行道左側的建築物牆上。

敗給擁有犯規能力的1級對手。

從拓武的觀點來看，Silver Crow與Cyan Pile第一次對上的那場「醫院決鬥」，狀況就和他現在一模一樣。當時拓武4級，被擁有飛行能力的春雪用拳頭打穿虛擬角色的胸口，就這麼架著飛上高空……那時候春雪就是這麼逼問他的。

阿拓，你承不承認？

你承不承認，你在這個加速世界絕對再也贏不了我？

拓武不可能不覺得懊惱，但他卻承認落敗，甚至為了彌補自己的所作所為而退出原來所屬的軍團。之後，他設身處地教導還是個初學者的春雪，當春雪因輕忽而差點喪失所有點數時，也陪他一起煩惱。直到過了八個月後的現在，仍然繼續支持春雪。

「…………阿拓…………」

春雪仍然靠在牆上，再次緊閉雙眼，喊了一聲好友的名字。

──這件事比起學習「理論鏡面」能力或淨化「災禍之鎧」更重要，更應該先做，我卻一直忘了。還等自己被1級的對手痛宰，才總算注意到這點……不，或許就是因為忘了這一點才會打輸。

春雪以顫抖的胸腔深深吸氣，吐氣，背部與牆壁分開。

他朝著環狀七號線，也就是來時所走的路線走去的腳步，很快就變成了奔跑。

11

春雪在方南町路口附近跳上EV公車，沿著環狀七號線北上，在離自己家最近的高圓寺北區公車站牌下車。

現在時間是晚上七點五十分。他在七點剛過的時候告別四埜宮謠的家，後來跑去中野第二戰區觀戰一場、對戰一場，所以回來的速度算是很快。這就是「BRAIN BURST」這款遊戲的好處，但要是一直放不下敗戰的懊惱，影響到現實世界，加速科技就會失去意義，所以要極力把心情切換過來——他的師父黑雪公主一直如此嚴加叮囑。

但唯有今天春雪實在辦不到。他心有不甘地坐在公車上，針對與Wolfram Cerberus那一戰的局面，同時針對也八個月前對Cyan Pile的那一戰，進行全面性的檢討。

從某個角度來看，這兩場打鬥的形勢非常相似，那麼春雪會有的懊惱，應該也就是拓武會有的懊惱。無論開打的理由為何，至少春雪都不應該說出那樣的話。那句話一定在拓武心中留下了無法磨滅的傷痕。

Mangan Blade要他回到原點。對春雪來說，與拓武的那一戰無疑是原點之一。不先從這一步開始，想必永遠達不到「理論鏡面」的境地。

春雪跑向公寓大樓的入口大廳，執行郵件軟體，對應該已經回到家的拓武寄出一封簡短的純文字訊息。幾秒鐘之後，收到了簡短的回答：【了解】。

「——抱歉，阿拓！」

春雪站在有田家客廳的餐桌旁深深一鞠躬，讓坐著的拓武連連眨眼。

摯友手指抵著尖尖的下巴，露出思索的神情。過了一會兒，他抬起頭戰戰兢兢地問：

「小春，你這次又幹了什麼好事？該不會又沒預留點數就升級了吧？」

「不……不是，不是這樣……而且我離升6級還差得遠……」

「那……是跟小千有關？例如說你做了什麼事惹她生氣，要我陪你一起去道歉？」

「不……不是，也不是這樣……而且如果是這樣，我會先躲起來……」

春雪仍然彎著腰，抬頭含糊地這麼回答，好友就回以一個大大的苦笑。

「就算我再怎麼會猜，你只說抱歉我可沒輒。不過小春，你就先坐下吧。我們邊吃邊聊，你還沒吃晚餐吧？」

餐桌上有六個形狀工整的飯糰，整整齊齊地排在方形盤子上。除此之外，還有裝了筑前煮（註：將雞肉、香菇及各種根莖類蔬菜炒過後加以燉煮的食物）與西京味噌醃製的銀鱈等純和風菜色的盤子。這是拓武拜託母親後，將黛家的晚餐外帶了兩人份過來。春雪當然不是打著這樣的算盤而聯絡拓武，因此內心滿滿的過意不去。但只在謠家裡吃了水羊羹的胃卻就無視主人的意思，不停地催他快點。

「………不好意思，阿拓。」

春雪為了與先前不同的事道歉，回到拓武正對面坐下。

「沒關係，能跟小春一起吃飯我也比較開心。我們家餐桌上只有兩個話題，不是世界經濟的展望，就是我最近的成績。」

拓武說完爽朗地一笑。儘管他只是簡單地穿了沒有圖案的T恤與牛仔褲，卻絲毫不損美少年的風采。春雪心想，自己真的得在很多方面都改頭換面才行，不能忘了這樣一個好男生為什麼到現在還跟繼續當我朋友。他拿起筷子，與拓武同時說聲「開動」後，就先吃了一塊煮成茶色的芋頭。

以前他聽拓武說過，黛家雙親都在工作，所以餐桌上擺出來的菜色基本上都是出自於冷凍的半成品。即便如此，比起春雪向來以冷凍披薩為主的晚餐，還是有模有樣得多。春雪忘我地吃了一個飯糰以及一半的雜煮與煎魚後，胃總算安分了下來——

這時，一句話脫口而出。

「……我打輸了。」

拓武停下用餐的手，雙眼直視春雪。春雪朝他瞥了一眼，又說了一次。

「剛剛……我放學回家跑去中2戰區一趟……在那裡，徹底輸給了第一次對上的對手。對戰時間只用了十一分鐘，對方的計量表足足剩下七成。」

握著筷子的手無力地落到桌上。一填飽肚子，懊惱的感覺又湧上心頭，讓他自然而然雙手握拳。

「……而且，對手，還是剛當上超頻連線者的……1級玩家……」

之後春雪花了十分鐘，從觀看Frost Horn的對戰開始，一五一十說出在中野第二戰區發生的事情。包括異軍突起的天才新人Wolfram Cerberus外觀與能力，自己又是如何打輸，全都詳細說了出來。

拓武聽完說明，仍然維持了沉默好一會兒。之後他什麼都沒說，只是伸出左手，用力抓住春雪在餐桌上握緊的右拳。

「小春，只打一場對戰，什麼都說不準的。」

春雪反射性地抬起頭。拓武放鬆手上的力道，輕輕拍了拍春雪的手背之後才抽手。

「不，即使打一百次輸一百次，第一百零一次還是很難說。BRAIN BURST這款遊戲不就是這麼回事嗎？而且，小春你好像一直很在意自己等級比較高這回事，可是在情報戰這方面你卻完全輸啦。畢竟對方知道Silver Crow是飛行型角色，小春你對那個……Wolfram Cerberus的『物理無效』能力，卻完全不知情。」

拓武的話很溫暖，充滿了深沉的關懷。

但拓武的回應愈是充滿善意，春雪就覺得刺在胸口的罪惡感愈是尖銳。因為春雪過去對拓武說出的話完全相反。他說了一句超頻連線者無論處於什麼樣的狀況，都不能說出口的話。

「……………抱歉，阿拓。」

春雪深深低頭，再度說出這句話。這次他不停在這裡，拚命將滿心的情緒化為言語。

「我……根本沒有資格讓你對我說這些話。因為……我在那個時候，只不過打贏你一次，就對你說了那種話，不是嗎？」

說著，他深深吸一口氣。

「……那時候我說：『你承不承認，你在這個加速世界絕對再也贏不了我？』」

光是再說一次，就覺得彷彿有刀刃割開舌頭，但春雪仍然勉強說完，接著抬起頭來。

即使聽到這句話，拓武臉上的微笑仍未消失。不過，他一雙色素有些稀薄的眼睛裡，確確實實滲出了先前所沒有的痛楚。拓武的嘴唇張開、合上，又再度張開。但他說出來的話，卻不是在責備春雪。

「…………小春，當時的你，確實有資格說出嚴厲幾百倍的話。畢竟我用非法的手段盯上軍團長……盯上你最重要的、唯一的『上輩』，卻輸給了拚命想保護她的你。當時你也可以把我摔到地上，贏走我剩下的所有點數。可是你沒這麼做，反而原諒了我。想到這一點，這麼一句話反而還嫌不夠呢。」

「不對，不是這樣。阿拓，不是這樣的。」

春雪拚命打斷拓武自責的話語。

當時Cyan Pile因為點數瀕臨枯竭而盯上隱居狀態的黑之王Black Lotus。春雪早已深知拓武始終對於這起所謂「開後門程式事件」深深自責。

但拓武的罪過早已贖清。他不惜轉換軍團擔任春雪的代理指導者，之後Chrome Disaster事件與Dusk Taker事件裡，也多次負傷奮戰。如今他已經是黑暗星雲裡不可或缺的角色，而且最重要的是黑雪公主自己早就原諒拓武了。

真正尚未贖清的，反而是春雪的罪。春雪再次深深咀嚼著這份體認，一字一句將心中翻騰的情緒轉化為聲音：

「我之所以要道歉……當然是因為說出那句話，但同時也是因為我後來壓根兒忘了有過這麼一回事。我應該更早……早在你辭去獅子座流星雨，加入黑暗星雲的時候，就為自己說出那樣的話道歉，求你當我沒說過。但我卻一直等聽到Mangan Blade姊叫我回到原點……才想到這件事。想必就是因為我對朋友說了那樣的話，而且還輕易地忘記有過這麼一回事，才會輸給

Cerberus……」

春雪再度撞響椅子站起，雙手拍到桌上猛然低頭說：

「阿拓，我說出那種……傷害、貶低超頻連線者尊嚴的話，還一直忘了這件事，我真的很抱歉，請你原諒我。」

──我這個人太差勁了，只顧自己。以為這個世界上就只有自己的煩惱，痛苦跟辛酸……老是在鬧彆扭，嫉妒別人。不去想別人的心情，只會不斷加硬、加厚心中的殼，想把所有事情都擋在殼外……

沒錯，就像Silver Crow那不完美的鏡面裝甲一樣。即使能夠彈開一定程度的物理攻擊、高熱，甚至光束，但遇到Cerberus的頭錘或仁子的雷射這類真正威力強大的攻擊，可就彈不回去了。我就是這麼一個半吊子到了極點的人……

「我原諒你──不過有個條件。」

春雪忽然聽到這麼一句話，戰戰兢兢地拉起視線一看，隨即在拓武臉上見到一如往常的平靜笑容。

好友也放下筷子起身，繞過餐桌來到春雪面前。他用握竹刀握到長了繭的大手，在春雪往前彎的背上重重拍了一記。

「圓寺屋的特大號聖代。小春，這條件你覺得怎麼樣？」

「…………」

春雪拚命把湧上心頭的情緒吞回去，開口問：

「……吃到飽嗎？」

「哈哈哈，一份就夠了。畢竟我不像小千那麼有挑戰精神啊。」

拓武愉快地笑了笑，換上正經的表情，雙手放上春雪雙肩，用力讓他正對自己，以認真的聲調說下去：

「小春，我剛剛也說過，當時你怎麼罵我都不過分。可是……現在我就不針對這一點討論了，因為你看起來也不想討論。所以，我要你答應我一件事。答應我，等到將來我們都升上7級……躋身高等級玩家的行列後，你要使出全力跟我再打一場。」

「…………阿拓。」

春雪微微一驚，瞪大了眼睛。位置高了些的拓武，眼神中只露出純粹認真的光芒。

「你通過了很多考驗，變得愈來愈強。那麼，這次就換我來努力，想辦法打贏這樣的你。小春，你覺得這條件怎麼樣？」

春雪這才恍然大悟。

這是拓武的體貼。他等於是在宣告，他會讓春雪那句「你絕對再也贏不了我」化為烏有。同時也是以超頻連線者的身分，誓言絕不會屈服於一次的落敗，會繼續追求明天的勝利。

「……好，我答應你，阿拓。」

春雪這麼一回答，拓武就笑著用力點頭，放開雙手：

「好了，趕快吃一吃吧。反正你一定打算吃完飯順便找我一起做功課吧？」

「原……原來早拆穿啦？真不愧是黛大師。」

拓武最後又在春雪肩上頂了一記，這才回到餐桌對面。春雪在內心朝著他的背影說：

——謝謝你，阿拓。

好友彷彿聽見了他的心聲，說出有點出乎意料的話：

「小春，你剛剛提到Mangan Blade說的那句話。如果她是叫你回到原點……我想，比起跟我打的那場對戰，你還有個更應該回去的原點。」

「咦……？在、在哪？」

「這你就得自己想了……不過，真沒想到那位Mangan小姐會提供你這種建議。小春，你實在很受年紀比你大的女性……」

「沒、沒有啦，不是這樣啦！」

春雪趕緊打斷這句以前似乎也聽過的句子，自己也重新坐回椅子上。他拿起飯糰，大口咬了一口，這才沒規矩地邊吃邊說：

「……倒是阿拓，我才想問呢。你認識Mangan Blade？該不會，你還在獅子座流星雨時，跟她還挺要好的……？」

「怎麼可能？對方是幹部中的幹部……是藍之王的左右手。不過，我離開藍色軍團時跟她有過一點交集……」

拓武說著便望向遠方，讓春雪不由得探出上半身。

「一點交集？怎樣的交集？」

「那麼，如果你在八點以前寫完功課，我就告訴你。」

「嗚……那、那我要邊吃邊開始寫了。」

看到春雪更沒規矩地左手拿著飯糰，右手操作起虛擬桌面，拓武露出拿他沒輒的苦笑。春雪隔著投影視窗看著拓武，內心深深感謝起這位肯陪在自己身邊的好友。被Wolfram Cerberus打得一敗塗地的傷痛，此刻似乎也微微淡去了。

12

翌日，六月二十六日，星期三，下午十二點三十分。

春雪以最快速度解決了午餐的炸豬排三明治與牛奶，用全感覺方式連進梅鄉國中校內網路中的虛擬壁球區。拓武說，春雪另有更應該回去的原點，而他針對這個建議多方評估之後，認為或許就是這個地方。

春雪可以乾脆地把連線地點也選在第二校舍三樓的男生廁所，但他判斷應該沒有必要把可悲的記憶重溫到這個地步，於是挑了圖書室的閱覽隔間。畢竟不管從校內的哪個地方連上線，並不會影響校內網路的回應速度與內容。

他以粉紅豬的虛擬角色踏進壁球區，觸控開始遊戲用的投影面板，牢牢握住隨後出現的球拍。接著輕輕揮了兩三下，仔細感覺這懷念的觸感。

春雪上次玩這個遊戲是在去年秋天，距今已經八個月了。也就是說，從他成了超頻連線者以後一次也沒玩過，這讓他覺得自己真是現實得令人傻眼，但同時也覺得有點理所當然。

畢竟當時這裡可說是梅鄉國中裡唯一的避風港，因此他每天都會躲進來。滴在多邊形地板上的虛擬眼淚，都不曉得已經有幾公升了。不想再回到這裡的心情，加上希望讓這個保護自己許久的地方就此安眠的念頭，讓春雪的腳步從此遠離這裡。

然而，事隔多日後踏入的球場，散發出的氣息卻與八個月前沒有任何差異。這也難怪，畢竟這麼不受歡迎的遊戲，自然不可能會更新。但這種情形卻讓春雪覺得有點高興，不由得喃喃說了聲「我回來了」。同時，他也伸手再度觸控開始面板。

球場中央開始倒數讀秒，到零的同時，一顆球從上空落下。春雪以右手的球拍輕輕擊球，球依序碰撞地板與正面的牆壁後彈回，於是春雪又加了幾分力道。球接連發出輕快的音效，回到偏左一公尺的位置，這回他則以反手拍打回去。

春雪剛開始還碰到了幾次驚險的場面，但他很快就找回了當時的感覺，讓小小的豬型虛擬角色縱橫飛舞，一心一意追逐著球。每當遊戲等級上升，球的速度就會變快，反彈也變得更不規則。但這終究只是教育部核准設置在國中校內網路的遊戲，比起加速世界裡紅色系對戰虛擬角色射出的槍彈要慢得多，也不會像藍色系對戰虛擬角色那樣在攻擊中混著假動作。

開打後過了十分鐘以上，球已經變得只剩一道呈鋸齒狀行進的發光軌跡，但春雪仍然幾乎只靠直覺就能跟上。他心想，都打到這個地步，說不定可以無限打下去……就在此時，系統彷彿看穿了他這不遜的念頭，又提高了等級。

「……喔哇！」

緊接著，春雪不由得停下虛擬角色的腳步，因為球突然一分為二，分別往左右飛來。他一時無法決定要去追哪一邊，結果兩個球都沒追到。GAME OVER的八個字母彷彿早就在等待這一刻，掉在球場上彈跳不已。

「……還、還真有一套啊……」

春雪喃喃自語之餘，朝顯示出來的得分瞥了一眼。

由於這是第一次看到球會分身的現象，因此他原本以為已經刷新了最高分紀錄，然而上頭【HAL LV160 SCORE2806900】這行戰績前，卻沒加上最高分紀錄的標誌。

「奇怪……」

春雪搞不懂怎麼回事，納悶地在面板上操作，把高分排行榜叫到球場上。這個會顯示出自己最高五次得分的視窗最上端，是一行非常離譜的數字——166級，得分超過300萬。然而春雪完全不記得自己曾經打出這種數字。

「……啊……啊啊，對喔！」

春雪這才想起八個月前發生的事，驚呼出聲。

這個記錄不是春雪自己打出來的。當初他因為以異常方式登出連線，其他學生接過他開的遊戲繼續打，還輕而易舉地刷新了最高分紀錄。這個學生不是別人，正是集梅鄉國中全校學生羨慕於一身的學生會副會長「Snow Black」，也就是……

「——少年，你想不想……加速到更快的境界？」

背後突然傳出這麼一句話，讓春雪整個人跳了起來。他在空中讓虛擬的身體扭轉九十度，轉了個方向落地。

有個人影站在壁球區墊高的入口，低頭看著春雪。一身裙襬延伸到地板的長禮服與隨風飄逸的長髮，都是亮麗的黑色。她的雙手戴著同樣是黑色的長手套，拿著收起的陽傘。整個人最大的特色，就是從背上長出的一對巨大黑鳳蝶翅膀。翅膀根部的鮮紅色紋路，在透出的背光照耀下發出火焰似的光芒。

——要是你有這個意思，明天午休時間就到交誼廳來。

春雪彷彿看見了人影說完這句話就消失無蹤的幻覺，但實際上當然並非如此。對方踩響腳步聲走下短短的樓梯，來到球場上，環顧這昏暗的空間後微笑著說了一句話：

「好懷念啊。到現在已經過了半年多了吧……」

「……嗯。說得精確一點，是八個月又一天。因為學姊在這裡跟我說話……是去年十月的第四個星期四。」

「真虧你記得這麼清楚。」

黑鳳蝶虛擬角色——黑雪公主輕笑一聲走過來，朝浮現在球場正中央的高分紀錄視窗瞥了一眼，心滿意足地又笑了笑說：

「看樣子我的最高分紀錄還好端端地留著嘛。」

「可……可是學姊說這個分數是用『加速』打出來的……」

「喔，是這樣嗎？哎呀，有什麼不好呢？有目標可以追求，你打起來也比較有意思吧？」

「咦、咦……學姊這是要我靠自己的實力超越這個分數？」

「嗯。如果你辦到，我就幫你加一百點蝴蝶點數。」

這有著奇妙名稱的點數，就是只要抓到各種黑雪公主自製APP中出現的蝴蝶就能得到1點的那種點數。春雪目前連三百點都不到，所以聽到一口氣增加一百點，還真有點想拚拚看。只不過黑雪公主完全不漏口風，因此他根本不知道集滿一千點到底會發生什麼事。

「……我、我會努力。」

春雪握緊豬蹄，卻看到黑雪公主皺著眉頭嗯了一聲——隨即又露出笑容。

「好久沒看到你這模樣啦。以前我也說過，我還挺喜歡這個造型的。最近你很少出現在校內網路上，我正覺得寂寞呢。」

也不知道怎麼弄的，只見她瞬間消除了左手的陽傘，大步走過來。春雪還來不及反應，黑雪公主的雙手就夾住豬型虛擬角色碩大的頭部，將他整個人提了起來。

「咦，這個，那個……」

春雪快速揮動雙耳與尾巴，但這種動作當然不構成抵抗。待少女一把將自己擁入懷中，身上立刻感受到一種怎麼想都不像多邊形虛擬角色相互擁抱的柔軟與溫暖，讓思考時脈減速到平時的三成以下。

……怪了，記得校內網路裡，虛擬角色之間應該不能互相接觸才對。

……不過算了啦，那種規則大概限制不住學姊吧。

正當他昏沉的腦袋裡想著這種念頭時──

一句輕聲細語溜進粉紅豬碩大的左耳。

「……你來這裡，是為了弄清楚自己的原點吧？」

「……咦……？」

春雪花了好幾秒才理解這句話的含意，兩眼連連眨動。黑雪公主的雙眼離他極近，閃著現實世界中所沒有的深紅色輻射光，有如一對蘊藏著火焰的縞瑪瑙。春雪直視這對美麗的寶石，小聲問道：

「學……學姊是從阿拓那兒聽來的嗎……？」

「不是，我是碰巧聽到傳聞……跟你昨晚在中野區進行的對戰有關。」

「────！」

春雪整個虛擬身體反射性地僵住，但他立刻放鬆了下來。那個對戰空間裡不但有三十名以上的觀眾，Wolfram Cerberus又是現在最受矚目的新秀，情報會在加速世界廣為流傳可說是理所當然。只是話說回來……

「學、學姊消息還真靈通。」

春雪這句話裡包含了一種驚嘆，因為那場對戰至今還不到二十四小時。黑雪公主則輕輕拍了拍擁在懷裡的豬型虛擬角色頭部，微笑著說：

「那當然，只要是春雪的事，我全都知道。」

她這句話說得理所當然，接著踩響高跟鞋走到球場邊緣的階梯，無聲無息地坐在最下段，雙腿併攏斜擺，將春雪放到膝上。

「……你在這個地方，有沒有找到了什麼提示，可以用來攻略打敗你的對手？」

聽她面帶微笑問出這個有點唐突的問題，春雪再度眨了眨眼。這才想起自己是來此尋找原點……尋找攻略Cerberus的線索，結果卻玩虛擬壁球玩到忘我。儘管成功刷新自己的最高分紀錄，然而很遺憾，他實在不覺得有找到任何提示。

「呃……我是覺得自己在速度上有了點進步……不過……」

儘管只是虛擬角色，但讓黑雪公主抱在膝上仍然是個超珍貴的鏡頭。只不過，現在就連這樣的狀況，都暫時從春雪意識中消失，整個豬鼻垂了下去。他的心窩一陣抽痛，想起了那時一敗塗地的震撼與懊惱。

「……可是，說不定他比現在的我更快。而且真要說起來，跟他對戰的時候，速度說不定根本就沒有意義……畢竟他真的硬得離譜啊。Silver Crow只能進行物理攻擊，不管動得多快，依然沒辦法對他造成損傷，不是嗎？」

春雪終於發起牢騷，以窺探的眼神朝軍團長瞥了一眼。但黑雪公主面不改色，只是點了點頭回答：

「原來如此——這傳說中的Wolfram Cerberus真的這麼硬？」

「是……Mangan Blade小姐說，這是特殊能力『物理無效』。」

「唔。如果這是事實，他的確是個強敵。」

「然後，小錳姊要我『回到原點』，我昨晚回家後就去找阿拓。然後阿拓又說『你有更該回去的原點』，所以我才跑來這裡打壁球試試看……」

說著，春雪又垂頭喪氣起來。結果黑雪公主的雙手用力夾住他的豬臉頰，再次讓他正對自己。出現在眼前的不是原先那副平靜微笑，而是身為劍之主的嚴肅表情。

「我明白了。那我也給你一個建議。」

「好……好的，請學姊指教！」

「你回過頭了。你的原點，應該是從這裡再往前進一步的地方。」

「什……什麼？一步……？往哪邊一步？」

春雪四處張望，但這虛擬壁球的球場上，前方與上下左右都是牆壁，根本哪兒都去不了。

正當他納悶地歪起頭時——

「這是特別優待，我就親自帶你去吧。」

說完，黑雪公主的嘴唇發出了春雪完全意料不到的一句話。

「超頻連線！」

…………什、什麼啊啊啊啊？春雪大吃一驚的下一瞬間，一個耳熟的聲響撼動整個聽覺，將他的意識從虛擬世界分離到另一個地方。

包括梅鄉國中校內網路在內，於已經以全感覺方式連線到VR空間時進行「加速」，會和在現實世界加速時一樣，讓四周的物件群都染成藍色，化為虛擬的「起始加速空間（Blue World）」。除了部分例外，各種原有的VR遊戲運作速度也會相對地降到原來的千分之一，所以黑雪公主才得以在壁球遊戲裡打出三百萬分這種不得了的高分。

不過，春雪卻只來得及朝凍成藍色的球場看上一眼。因為他的視野立刻全黑，正中央出現熊熊燃燒的火焰文字。內容當然是再眼熟不過的【HERE COMES A NEW CHALLENGER！】

他從粉紅豬化為白銀的對戰虛擬角色，同時鑽過七彩光環於戰場上著地。春雪伸展身體後立刻四處張望，隨即發出疑問的聲音。因為這裡不是空曠的虛擬壁球區，而是排著許多桌子與櫃子的房間。他想了一想，立刻說了聲：

「……對喔。」

這裡是梅鄉國中第二校舍二樓的圖書室，現實世界中的春雪就躺在這裡的閱覽隔間。除非空間屬性限制玩家不能進入建築，否則開始「對戰」時，一定會從現實中肉體所在處出現。

「那麼……學姊她人在哪……」

春雪說著又看了看四周，卻找不到剛剛一直抱著他的劍之主。這大概表示她並非從圖書室登入，而是從學校裡的另一個地方上線。比較有可能的地方，應該是三年級的教室、學生餐廳附設的交誼廳，再不然就是學生會辦公室。朝視野正中央的導向游標一看，指針指向南南西方向靜止不動。從校內的相對位置來考慮，她待在學生會室的可能性最高。

最後再朝視野上方右側的體力計量表望去，上面寫的虛擬角色名當然是「Black Lotus」。春雪看著這行光英文字體本身就散發強烈存在感的名稱，自言自語道：

「為什麼突然要對戰……？她剛剛是說要親自帶我去，可是……」

——到底要去哪？

想著想著，春雪下意識走了幾步，看見火紅的光線在虛擬角色身上反射出耀眼的光芒。從窗戶能看到就快沒入地平線的巨大太陽。重新細看，可以發現圖書室內的桌子與地板也都不再是本來的合成木材所製，換成了龜裂而失去光澤的……大理石。是低階神聖系場地「黃昏」。

春雪一認知到這點，一幅光景立刻從腦中甦醒，讓他驚覺地抬起頭來。

黃昏屬性下的梅鄉國中，正是春雪第一次與「上輩」一起進入加速世界時所看見的光景。也就是說，黑雪公主說要「帶他去」的地方……

就在這時。

一道絲線般的極細紅光，從下往上掃過他左側一公尺左右的位置。過了一會兒，他聽見了清脆的喀啦聲。

「………？」

春雪連連眨眼，納悶是怎麼回事，準備朝這道光掃過的位置走去。

結果，校舍就在他眼前發出沉重的震動聲，整個往斜下方滑動。大理石地板與柱子都露出平滑的斷面，往上下分離。而且春雪是待在往下滑的那一半。

「喔、喔哇啊啊！」

他慘叫之餘，拚命在逐漸傾斜的地板上奔跑。好不容易來到沒有玻璃的窗邊後，毫不猶豫地縱身一跳。接著他在空中張開背上的翅膀，往第一校舍的方向滑翔。下一瞬間，又看見一道紅光——

喀啦一聲垂直掃過第一校舍。紅光並不停歇，又斜向劃過第二次、第三次。紅光每劃過一次，大理石就像豆腐似的被切成更多塊，開始各往不同方向崩塌。

春雪再度發出慘叫。要是他已經集到必殺技計量表，要怎麼爬升都行，但現在卻只能往斜下方滑翔，因此不得不衝進開始崩塌的第一校舍。只能滑翔的時候，連左右迴旋的動作都會受到限制，春雪只好縮起脖子與手腳，好不容易閃過灑下來的所有巨大水泥塊，穿梭到運動場上空，這才「噗哈～」一聲大大呼出一口氣。

「嗚、哇、哇啊啊啊——！」

他就這麼在染成晚霞色的草原上著地。戰戰兢兢地回頭一看，發現梅鄉國中的所有校舍都正發出轟然巨響而崩塌。至於這是哪位高人所為，只要看看視野右上方一口氣集滿的必殺技計量表，答案便再明顯不過。附帶一提，這位高人本來應該只有近距離攻擊能力，所以造成這場大破壞的紅光，只可能是禁忌的「心念攻擊」。

春雪茫然呆立，耳邊聽到一個滿不在乎的聲音。

「這樣視野就好多啦。畢竟太大的建築物在『黃昏』空間裡很煞風景，會遮住難得的美麗夕陽……你說是不是呀？」

說著這種話並從學生會室所在方向慢慢接近的人物，有著銳利的刀劍狀四肢、仿睡蓮花瓣的裝甲護裙，以及黑水晶般一般通透的半透明裝甲中。她正是美得無與倫比的對戰虛擬角色——黑之王Black Lotus。

春雪再度依序看看右手邊崩塌得慘不忍睹的校舍，與左手邊火紅的晚霞，以尷尬的角度點點頭說：

「是、是啊……這麼說可能也沒錯……只是學姊為什麼要做到這個地步……」

「嗯，這個啊……」

她微微放低聲音，換成尖銳的語氣說：

「是因為我有那麼一點點生氣。」

——有、「有那麼一點點」就要搞出這種大破壞？

春雪忍著沒喊出這句話，整個人立正站好。若要探討這個狀況下黑雪公主為什麼會生氣，原因只可能出在自己身上。是因為打輸Wolfram Cerberus？因為沒能學會「理論鏡面」能力？還是說……

「春雪。」

黑雪公主以平靜、肅穆，卻又帶著點鬧彆扭的聲音說：

「你聽到『回到原點』這句話的瞬間，就應該第一個想到我。你去找拓武，我還勉強可以原諒……可是接下來為什麼會是壁球！」

「咦……不，這個，這是因為……」

黑之王右手劍唰一聲指向春雪令他噤聲，接著繼續喊道：

「你身為超頻連線者的原點，除了我這個『上輩』以外不做他想，這種事情一毫秒就該想到了！我可是一奈秒就想到了！要是你第一個就來找我，要我開簡易模式幫你特訓也不是沒得商量。可是你既然兜了這麼大一個圈子，就等著挑戰困難模式吧！」

「哇……困、困難模式……是、是要特訓什麼……」

「那還用說——」

春雪的「上輩」兼軍團長黑之王右手水平一掃，乾脆地說道：

「——當然是Wolfram Cerberus的攻略法！」

對此春雪確實求之不得。

但他走到運動場正中央後，還是忍不住劈頭就問：

「那個……我本來還以為就算找學姊求救，學姊也只會說『自己動腦想』……畢竟我已經5級，對手卻還只有1級……請、請問，是為什麼……？」

「上輩幫助下輩，還需要理由嗎？」

黑雪公主理所當然地說完，這才聳聳肩膀補充：

「——不過，我的確是有點保護過度了。換做是楓子，大概真的會只回你一句『自己動腦筋想吧♡』。可是……這次的對手總讓我覺得不對勁……」

「不對勁……？是指他的實力太強嗎？」

「這也有……還有大概就是時機了吧。」

黑雪公主說到這裡先頓了頓，一對藍紫色鏡頭眼在加黑的霧面護目鏡下靜靜地亮起，反過來問道：

「春雪，三天前那場七王會議結束後，你對我和Raker說了一件事——你說，四眼分析者Argon Array是『加速研究社』的核心成員。」

春雪倒抽一口氣，接著慢慢點頭說：

「是、是的。當時我也說過，我沒有任何拿得出來的證據……唯一的根據也非常曖昧，就只是『遭Chrome Disaster寄生時看到的夢』。但我非常肯定，她從很久以前就和加速研究社的Black Vise是一夥的，也跟『災禍之鎧』的誕生脫不了關係。」

「嗯，我和Raker都相信你說的話——楓子，妳說是不是？」

「是呀，鴉同學不可能信口開河的。」

「謝……謝謝兩位。可是……這件事跟Cerberus有什麼關係嗎？」

「這就由我來說明吧。」

聽到這句話，春雪往右一看。站在那兒的是個天藍色的對戰虛擬角色。頭上有著加速世界中罕見的液態金屬型頭髮零件，一件純白連身裙式禮服被微風吹得裙襬微微飄起。春雪鞠躬行禮說道：

「啊，好的，有勞師父…………………等等，咦、咦咦咦咦咦？」

春雪一口氣跳起幾乎兩公尺左右高，隨即拍著背上的翅膀慢慢落地。他心想之前似乎也有過類似的情形，但還是姑且問問看。

「呃、呃呃……是、是師父？對吧？」

「當然了。我看起來像鬼嗎？不信的話你可以摸摸看喲？」

聽到這句話，春雪右手就要游移過去……卻感受到左方傳來了微微殺氣，因此立刻縮了回去。不用摸也知道，站在他眼前的只可能是黑暗星雲副團長「鐵腕」Sky Raker。

這時春雪才注意到她是以觀眾的身分連上這個空間……但即便如此，還是有點說不過去。畢竟Raker本尊倉崎楓子就讀澀谷區的高中，現在是平日中午，當然應該待在學校。要當觀眾觀看Lotus VS Crow的這場對戰，就得移動到杉並區的正中央——

「啊……不、不對，我都忘了。這場對戰不是透過全球網路，是透過梅鄉國中的校內網路進行。所以就算來到杉並區也不能觀戰……難道說，師父妳人在我們校內……？」

「很遺憾，你猜錯了。雖然我也不是不能了解你有多想見我啦。」

說著，她便露出了真空波Raker式微笑。春雪不由得腳步一亂，這時卻聽到黑雪公主清了清嗓子。

「沒時間了，我就直接揭穿謎底啦。是我開啟梅鄉國中校內網路的遠端存取入口，讓楓子從澀谷跟我們連線，然後設定成待機觀戰。」

「啊、啊啊，原來如此……等等，遠端連進校內網路？這這這種事要是被發現，事情可就大條……」

「就算有學生會副會長的權限，要偷偷弄出一個不會被發現的路徑也是大工程啊，找一直到最近才弄好。要是在四月的時候就完成，我就可以直接處理Dusk Taker了……不過，就是因為在那次事件裡學到教訓，我才會想安排這樣的機制。」

「喔、喔喔……這樣一來，即使學姊不在學校的時候遭到攻擊，也可以放心……」

「問題是，我人不在校內就沒辦法開這個入口。現在更重要的是『分析者』。」

春雪的安心感被一拍打了回來，背影當場僵住。黑雪公主拍拍他的背說：

「剛剛我也說過，我和Raker全面相信你說的話……畢竟那個Argon Array本來就有太多地方過於神祕，我們從以前就多少在防著她。」

「是啊。這人資歷肯定比我們更長，然而她不但沒加入軍團，也沒人知道她的『上輩』是誰，正規對戰的紀錄也極少……我們完全看不出她是怎麼升上高等級的。」

春雪聽到這裡，猛力搖頭把Raker出現與遠端連線機制帶給他的震撼先擺到一旁，接著點頭回答：

「是……是的。可是，如果她是加速研究社的成員，很多這方面的疑問都可以得到解答。畢竟他們多半搞了一大堆可疑的實驗在研究怎麼撈點數……」

「唔，還有可疑的強化研究……」

黑雪公主說到這裡，將面罩朝向靜止不動的夕陽。沉默一陣子後，一個有點過於飛躍的問題從她口中問了出來：

「……春雪，你可曾想過『金屬色』到底是怎麼回事？」

「咦……金屬色嗎？」

他反射性地低頭看了看自己虛擬角色身上的銀色——現在則因為照出晚霞而發出橘紅色光芒——裝甲，接著才回答說：

「學姊是指金屬的色名……對吧？比方說我的Silver，獅子座流星雨的Mangan和Cobalt小姐、長城的Iron Pound兄他們。大致上都是防禦力高，使用打擊屬性攻擊……可是比較怕酸液或電擊……」

「就特徵而言，你說得沒錯。」

Sky Raker搖了搖有著白色帽簷的寬邊帽點頭，但立刻接上了一句「可是」。

「可是呀，本來就已經有『綠色』這種屬於防禦性的顏色了。實際上，團體戰的時候常常能看見金屬色與綠色系負責差不多的工作。再拿具體的性能來看，也不是沒有比綠色軟的金屬角色，或是比金屬色硬的綠色系角色。那麼……為什麼BRAIN BURST裡會有跟正規顏色完全不相關的金屬色存在呢……？」

「金屬色……存在的理由……」

春雪複誦一遍，慢慢搖搖頭說：

「對不起……我自己明明就是金屬色，可是從來沒想過這種事……對於我自己之所以變成『白銀』，也只覺得大概有一點理由，剩下就是碰運氣挑上的……」

「嗯，系統決定色名時，的確有很重的隨機成分。如果不是非想不可，我也會盡可能避免去思考自己變成黑色的理由……可是，以前曾經有人提出過一個理論，試圖解釋你剛剛說的這『一點理由』，只是對象限定在金屬色。」

「理、理論？」

「沒錯。名稱就叫做──『心傷殼理論』。提出這個說法的，正是Argon Array。」

「────！」

春雪在銀色面罩下倒抽一口氣。他會這麼震驚，固然部分是因為在意想不到的時候聽到了「分析者」的名字，但更重要的原因卻在他聽過「心傷殼」這個詞。

沒錯……當初Chrome Disaster記憶中的那個場面裡，有個疑似Argon Array的人影就說過這個詞。再加上三天前的會議上，她分析春雪時也說過這句話。還有上週在梅鄉國中的後院，春雪受到來自災禍之鎧的「逆流現象（Overflow）」侵襲時脫口而出，讓四埜宮謠起了很大反應的，同樣也是這句話。

「這……這『心傷殼』……到底是什麼東西……？」

「就像字面上所說，是覆蓋內心創傷的外殼……據說是這樣。」

楓子踏上一步，靜靜地回答。一對晚霞色鏡頭眼直視春雪，以溫和卻堅毅的聲調對他說：

「我們超頻連線者沒有例外，每個人在內心深處都有創傷。我的創傷……是與生俱來就雙腳缺損。就是這種內心的創傷，創造出了『Sky Raker』這個追求天空……以及以更高的宇宙為目標的對戰虛擬角色。」

天藍虛擬角色的目光，始終看著呆呆站在原地的春雪。她繼續說道：

「鴉同學的兒時玩伴Cyan Pile和Lime Bell來自什麼樣的創傷，相信你已經知道。正常顏色的虛擬角色，顏色與外觀往往會像這樣，直接體現出精神創傷。我的『下輩』Ash也一樣。因為哥哥車賽出意外而受到精神創傷的綸，又或者是失去了夢想的輪太本人，創造出了擁有機車型強化外裝的虛擬角色，這幾乎可以說好懂到了極點。」

楓子呵呵一笑。黑雪公主站到她身旁，同樣以平靜的聲調接著說明下去：

「——儘管精神創傷是形成虛擬角色的模子，但也有些超頻連線者的創傷不容易顯現在顏色與外觀上。相信你已經猜到了……我說的就是金屬虛擬角色。金屬虛擬角色幾乎全都是中規中矩的人形，也不具備象徵性的強化外裝。說穿了，就是精神創傷被不透明而厚實的金屬外殼裹住……很久以前，『分析者』就提倡暫以『心傷殼』來稱呼這種外殼。」

「裹住……內心創傷……的外殼……」

「沒錯。這種外殼特別堅固的小孩……外殼厚實得連自己都看不見自己創傷的小孩，或許就會塑造出金屬色的對戰虛擬角色……這就是『心傷殼理論』的骨幹。」

——連自己都看不見自己的創傷。

這句話黑雪公主說得極其溫和、極其平靜。即使如此，春雪仍然感覺到金屬裝甲內的心臟一陣抽痛。

……的確，對於我為什麼會變成Silver Crow……為什麼會變成擁有「飛行」能力的對戰虛擬角色，連我自己都不是很明白。

……可是……這並不是因為看不見傷痛，而是不想去看，所以一直撇開目光……其實，我早在那個時候……在爸爸跟媽媽都說不要我的那個時候——

忽然間，春雪覺得身體籠罩在一種柔軟的感覺中，於是睜開了不知不覺閉上的眼睛。他看見Black Lotus與Sky Raker的身體就近在眼前，兩人都輕輕擁抱著春雪。只聽見耳邊交互傳來輕聲說話的聲音：

「對不起，春雪。我跟楓子都知道談起這件事，多半會讓你受到莫大的傷痛。可是……這一天遲早要來的。」

「鴉同學，既然你是金屬色，總有一天必須面對自己的『殼』。所以我跟小幸商量，與其讓有惡意的人撬開……不如由我們來跟你說。」

聽到這些話，春雪才明白黑雪公主為什麼不惜做出開遠端存取這麼蠻幹的事，也要把楓子叫進這個空間。她怕身為「上輩」的自己一個人不夠，還要借重春雪敬為「師父」的楓子，為的就是想降低講解心傷殼理論時對他造成的衝擊。兩人抱在他背上的手傳來溫暖波動，就證明了這一點。

——我太幸福了。

——哪怕學習「理論鏡面」失敗，哪怕被1級玩家痛宰……那怕心靈外殼之中埋藏著什麼樣的傷痕，我都萬萬不能忘記這件事。

春雪堅定地這麼告訴自己，深深吸一口氣說：

「謝謝學姊，謝謝師父。我不要緊的……我的『心傷殼』不是隨便敲兩下就會破的。」

「春雪，你這自信也真怪。」

「我就當作這表示你靠得住吧。」

黑雪公主與楓子各自說出這樣的感想後放手，三人對看一眼，笑了好一陣子。

等笑聲停歇，楓子表情轉為嚴肅，繼續說明：

「雖然講得很粗略，但心傷殼理論的概要大概就是這樣。這個理論剛提出的當時，能夠對金屬色的存在理由做出相當程度的解釋，所以許多超頻連線者都接受了。可是……從某個時候起，大家都不再提起，讓這個詞成了所謂的禁忌。」

「禁、禁忌……？可是，這理論不就只是在說明會有金屬色誕生的理由嗎？又不會造成任何損害……」

看到春雪顯得納悶，兩人都沒立刻回答。一陣吹過黃昏草原的微風，在Black Lotus銳利的刀刃上刮出輕輕的聲響。

黑雪公主雙手劍交叉在身前，以更加嚴肅的聲調說：

「其實啊……心傷殼理論還有後續部分。這個部分並不是任何人提倡的，算是自然發生而傳開的謠言……據說，如果這個理論正確，那麼應該也有辦法加以應用……」

「應用……？到底要用在哪裡……？」

「用在『刻意製造金屬角色』。」

「……！」

看到春雪太過震驚，整個頭盔往後仰，楓子也以有些緊繃的語氣說明：

「這個說法就是認為，如果內心創傷有厚實外殼裹住的小孩都會變成金屬色……那麼只要先弄出這樣的心傷殼，再讓這些小孩當上超頻連線者，應該就能刻意讓他們變成金屬角色。具體來說，則是用某種手段……例如用催眠療程，再極端一點，乾脆用上大腦內建式晶片也行。封印住小孩懷抱的創傷後，再讓他們安裝BRAIN BURST。說來是一種『人造金屬色計畫』。在早年的加速世界，就有小道消息說有這麼一個計畫存在。」

「這……這個計畫，真有人去執行嗎……？」

「不知道。畢竟就連謠傳的出處都查不出來啊……」

黑雪公主微微搖頭，隨即輕聲說下去：

「……不過，謠言傳出一陣子後，就有一個金屬虛擬角色出現在加速世界。他的名字叫做『Magnesium Drake』……一個有著堅固金屬裝甲與強大火焰攻擊能力的龍頭虛擬角色。他很快地升上了高等級，受到許多玩家敬仰。」

這個名字春雪完全沒聽過，卻覺得記憶角落微微受到刺激，皺起了眉頭。

「學姊說曾經……也就是說這個人已經離開了？聽起來那麼厲害耶……？」

他戰戰兢兢地一問，兩人同時點頭。

「可是啊，他並不是單純因為耗光點數而離開加速世界。」

「是受到無數超頻連線者集中攻擊，進行了幾十次血腥的激戰……終於被討伐至死。」

「咦……這，該不會……就是學姊以前跟我們說過的……」

「沒錯。Drake本來是個高尚的領導者，卻突然成了第二代『Chrome Disaster』。」

春雪不只是有印象。當他成了第六代Disaster時，就曾好幾次動用從口中噴出高熱火焰的「噴火」(Flame Breath)。這是第二代Disaster留下的能力，換言之原創者就是「Magnesium Drake」。

春雪勉強承受住這陣幾乎令他忘了呼吸的震撼，從喉嚨擠出沙啞的聲音：

「那麼……意思是說這位『Magnesium Drake』，就是應用心傷殼理論創造出來的『人造金屬色角色』……？這就是他變成第二代Disaster的理由……？」

從談話脈絡來判斷，當然會想這樣推測，但黑雪公主與楓子並未立刻肯定。

「……鴉同學，這些全都只是謠傳。我們確定的事實，就只有Drake出現在加速世界，眾人都對他的實力心服口服，但他後來卻和『災禍之鎧』融合……造成無數流血慘案之後遭到討伐而消失。」

「還有一件事。從這起事件後，『心傷殼』這個詞就成了禁忌。不過從春雪說的情形來看，似乎只有Argon Array根本不在意這個禁忌啊……」

「…………這樣啊……」

聽完漫長的一席話，春雪重重呼出一口氣。他朝讀秒瞥了一眼。剩下的時間是八百秒——十三分鐘多一點。

這麼說來，當初為什麼會提起心傷殼的事呢？春雪倒轉記憶，開始搜尋。編出這個詞的人是Argon Array，此人多半是加速研究社裡老資格的成員；黑雪公主覺得出現時機不對勁，至於是什麼東西出現的時機——

「…………啊！」

這時，春雪才總算想起這場對戰的主旨不是開會，而是「特訓」。黑雪公主帶春雪來到這個空間，為的就是傳授他如何對付有著超硬鎢製裝中而打得他束手無策的1級金屬色新秀。

「咦……奇怪，可是，請等一下……」

短時間內塞進太多資訊，讓春雪腦袋有點記憶容量負荷不了。他用手指撐著頭說：

「學姊剛才說覺得不對勁，是指他……Wolfram Cerberus和Argon Array出現的時機太過一致……是嗎？那……學姊該不會……」

他抬起頭，盯著黑睡蓮虛擬角色……

「學姊是覺得Cerberus也許是『人造金屬色』……是嗎……？」

春雪讓思考回路運轉到極限，得出這個推測，而黑雪公主只用短短一句話回答：

「——不知道！」

「什、什麼？」

「我怎麼會知道？畢竟我不但沒親自跟他交手過，甚至沒能在場觀戰。我是滿心想見識見識……最好是乾脆打一場。不過，他出現的地點都是藍色軍團或綠色軍團的領土附近，實在沒辦法這麼做。」

「是、是啊。」

「而且，既然對手只有1級，我或謠謠也不太方便去挑戰。」

聽楓子這麼補充，黑雪公主點點頭說：

「所以春雪，這次得由你去弄個清楚，同時也當成你的雪恥戰。要弄清楚這一點，就必須逼對方毫無保留地使出全力……也就是要逼得對方拚命，把盤算或策略都拋諸腦後。我們的開場白講了很久，不過一切都是為了達到這個目的而做的特訓。用半弔子的方法，你大概會連提示都找不出來……所以我也會全力以赴！」

咦、咦————？

春雪忍著沒喊出來，以破嗓的聲音說：

「這、這個，可是，已經只剩下十分鐘出頭，而且該怎麼說，不必用實戰，用演練之類的形式應該也可以……」

「不用擔心，剩下的超頻點數跟午休時間都還綽綽有餘！」

「可、可可可是，仔細想想，我在雪恥戰之前，應該得先學會『理論鏡面』……」

「這不是問題，所有努力最終都會匯集到同一點上！」

「如果真的有需要，我也會幫忙的♡」

春雪交互看看9級與8級的兩人，說出這個場面下他唯一可以說的話：

「……請、請兩位多多指教……」

打滿三十分鐘的對戰連續進行了五場，最後一場還是連楓子也下場參加的亂鬥模式。

好不容易結束這段已經許久不曾這麼操的特訓後，春雪在圖書室閱覽隔間醒來。累得一時站不起來的他，只覺得黃色小雞蹦蹦跳跳在腦袋周圍繞行的幻覺持續不停，任由身體在椅背後仰的椅子上搖搖晃晃。

過了三十秒左右，頭昏的情形勉強緩解，少年這才在長嘆聲中說出一句話：

「肚、肚子好餓……」

主觀時間長達兩個半小時的激戰，讓他產生一股彷彿耗盡全身能量的空腹感，但這種感覺是假的。他在現實世界的幾十分鐘前才吃過炸豬排三明治，不能馬上又吃東西。

春雪搖搖晃晃地從隔間走出來，好不容易才走到走廊上的飲水機，大口大口地喝水，藉此敷衍虛假的飢餓。照這情形看來，他實在沒把握撐完下午的課，但這一切都是為了找回被搶走的尊嚴。與其被1級新手打得一敗塗地還抱著膝蓋自憐自艾，讓人把自己操到腳步虛浮還好得多了。

——而且，無論是黑雪公主還是楓子，一定都是因為理解春雪這種消極到了極點的個性，卻還是決定要狠狠給他一次震撼教育。只是不知道她們內心是否真的在淌血。

春雪在沒有人的走廊直立不動，先朝學生會辦公室的方向，接著又朝遙遠的澀谷區方位，分別鞠了個躬，輕聲說道：

「謝謝學姊，謝謝師父。下次我一定……打不打得贏是不知道，但我一定會打得精彩。」

沒錯。

無論對手是「天才」還是「物理無效」都不重要。「心傷殼理論」或「人造金屬色計畫」也一樣，現在全忘掉吧。吃了虧就要討回來，這種單純的志氣，才是BRAIN BURST……也是所有對戰格鬥遊戲的第一原則。

春雪覺得，自己到了現在才總算能夠接受昨天難看的敗仗以及自己的脆弱。接受原原本本的事實，從跌倒的地方往前進。這樣一來，眼前的道路必將無限寬廣。

「……好！」

春雪用力握住拳頭，開始跑向自己的教室。

13

春雪持續抵抗睡意，撐完下午的兩堂課與簡短的導師時間。從樓梯口一走到外面，雨點正好打在鼻頭上。

朝天空一看，深灰色烏雲以媲美「轟雷」空間的密度層層堆積。虛擬桌面上的天氣預報顯示，從下午三點半起會降下每小時二點五公釐的雨量。這樣的雨量會讓運動性社團停止戶外練習，但飼育委員的工作當然不受影響。

春雪小跑步到後院，先跟小咕打招呼，接著以相當於平常一點二倍的速度打掃小木屋。也不知道該不該說遺憾，同僚井關寄來了一封五彩繽紛的純文字郵件，內容是說她今天要忙著準備校慶，沒辦法整理小木屋，絕對不是因為下雨才偷懶。

洗完了給小咕洗澡用的水盆，春雪背後便傳來一陣輕快的腳步聲。回頭一看，一名打著紅傘小跑步跑來的少女映入眼簾。她正是飼育委員會招委員長四埜宮謠，不過裝扮似乎和平常有些不太一樣。仔細一看，原來她的腳下也穿著火紅的長靴。

「午、午安，四埜宮學妹。」

春雪抱著水盆打招呼之餘，視線不由得盯著這雙防水纖維的長靴不放。他心想，以前自己下雨時也穿過這樣的鞋子，到底什麼時候開始不穿的呢？就在此時——

【ＵＩ＞有田學長午安。學長這樣一直看，我會有點不好意思。】

半透明的聊天視窗上浮現出這串文字，視窗後則可以看到兩隻長靴忸忸怩怩地動著。

「啊……對、對對、對不起！」

春雪有點慌，心想再這樣下去「戀足癖之男」這個外號真的會跟定他，於是大喊：

「我、我是覺得、這雙長靴很可愛！」

下著雨的後院突然鴉雀無聲。謠滿臉通紅地低頭，春雪則是話出了口才搞清楚自己說了什麼，不由得陷入當機狀態。最後救了他們的，是小咕拍響翅膀表示肚子餓的抗議聲。

角鴞從謠的手上吃完一整盒肉片，秀了一段餐後運動的迴旋飛行才回到棲木上。

春雪抬頭看著立刻轉移到瞌睡模式的小咕，輕聲說：

「牠對這間小木屋好像也習慣多了。」

謠脫下左手的保護手套，點點頭閃動手指：

【ＵＩ＞嗯，我也沒想到牠才一週就能過得這麼安穩。多虧了各位飼育委員的努力。】

「哪裡……我只有在掃地……而且小咕好像也比較喜歡井關同學……」

或許是這句話聽來有點像鬧彆扭，謠嘻嘻一笑，打著字說：

【ＵＩ＞沒的事。小咕牠相當信任有田學長呢。再過一陣子，我想請學長也幫忙餵食。】

「咦？可是，不是說小咕只會吃妳手上的東西……」

他反射性說到這裡就閉上嘴，一秒鐘後，改變語調問：

「四埜宮學妹，妳這麼做該不會是……因為小咕受到上一個飼主的傷害……？」

聽到這句話，謠停下收拾工具的手，直視春雪。她眨了眨一對大眼睛，同時點點頭回答：

【ＵＩ＞仔細看看小咕的左腳，就能看見取出微型晶片的傷痕還留著。】

春雪看完這行字，震驚地抬起視線，注視已經收起耳羽，閉著雙眼打瞌睡的角鴞左腳。上面的確有著一道長約兩公分，疑似被刀刃縱向割開的疤痕。

「……好過分……那麼大一道傷口……」

春雪咬緊嘴唇，握緊雙拳。

白臉角鴞屬於猛禽類，個人飼養起來多半會很辛苦。畢竟牠能吃的食物比較特殊，還需要相當大的鳥籠。但在寵物店購買的時候，店員應該已經說明過這些事項。即使後來有不得已的苦衷，也萬萬不該為了省錢就拿刀刃挖出微型晶片，把受傷的寵物就這麼遺棄在外。

小咕得以保住性命，像現在這樣快活，乃是萬中無一的奇蹟。春雪再次認知到這點，喃喃說道：

「一定是四埜宮學妹拚命照料，牠才能得救啊……」

這句話說完，隔了一會兒後，才有一串櫻花色的文字略顯遲疑地顯示出來。

【ＵＩ＞我……絕對不想再看到有生命從我手中消逝。】

春雪花了幾秒鐘理解這一行字意味著什麼，登時摒息。

這也就是說——之前曾經有生命從謠的手中消逝。而且肯定不是指像小咕這樣的寵物，而是人……是謠的親生哥哥，同時也是讓她成為超頻連線者的「上輩」四埜宮竟也。

根據謠昨天所說，竟也是在能舞台的「鏡房」發生被巨大三面鏡壓倒的意外而喪命。謠說自己也在場，但相信事情不是這麼簡單。看到鏡子碎片造成的出血，年幼的謠多半伸手想去止血。但她依舊徒勞無功，竟也還是回不來了。

春雪在腦海中描繪出這悲傷的情景，突然注意到一件事，瞪大了眼睛。

……四埜宮謠的對戰虛擬角色「劫火巫女」Ardor Maiden，她那上半身雪白，下半身緋紅的模樣……那種清澈卻又沉重的深紅色，該不會就是……

春雪從小咕身上移開視線，看著站在身旁的謠。看著她身穿松乃木學園純白的制服與紅色長靴的模樣。

謠似乎從春雪的眼神看穿了其心思，只見她微微一笑，點點頭說：

【ＵＩ＞從那一天起，我虛擬角色的紅褲色彩就慢慢改變。從淡淡的粉紅……轉變成深沉的緋紅。說不定，那就是竟也哥哥鮮血的顏色。」

之後好一陣子，兩人默默做著手上的工作——打掃小木屋、倒垃圾、提報日誌檔案。所有任務完成後，春雪仍然遲遲不敢開口。

所有對戰虛擬角色都會有象徵個性的顏色，造型上有著兩種色調的例子也不少。像春雪的Silver Crow，就可以分為銀色的金屬裝甲部分與深灰色的身體部分。

所以，即使有個上半身白色，下半身粉紅色的虛擬角色存在，這種程度的色彩差異也不會讓人覺得不可思議。就色相環來說，應該可以歸類在「略偏遠程攻擊的白色系」。

Ardor Maiden之所以顯得特異，是因為有著白與緋紅這兩種相距甚遠的顏色。昨天謠說會有這種顏色的理由，是因為她兼有「本來的自己」與「身為能樂子方的自己」這兩面，但事實絕非這麼簡單。從謠以幼小的手抱住身受重傷的哥哥，拚命想幫他止血的那一天起，謠的下半身就染上了深紅色。

所以對戰虛擬角色的紅褲也變了顏色——而謠多半也就是因為這件事失聲……

「…………四埜宮學妹，對不起。」

聽到春雪突然道歉，在板凳前正要背起書包的謠轉過身來，微微歪了歪頭。

「昨天妳跟我說了那麼多……全都是為了讓我學會『理論鏡面』能力……可是，我從昨天到現在，滿腦子都是另一件事……」

要是春雪昨天傍晚離開謠家以後立刻回家，沒有興起跑去中野區對戰的念頭，就不會遭遇到Wolfram Cerberus，也不會被打得一敗塗地，今天也就可以專心想「鏡子」的事了。謠真摯地告訴春雪親生哥哥之死這種再悲傷不過的事，光是為了報答這份心意，他就應該分秒必爭地趕快學會鏡面能力。然而春雪從昨晚敗戰之後，滿腦子都沒辦法去想其他事。

「……真的，很對不起。可是……可是我…………」

春雪再也說不下去，深深垂下頭。

於是謠先穩穩地背起書包，接著以紅色長靴踩過積水直線朝他走去。最後少女在他眼前停步，微笑著打字表示：

【UI＞學長不需要道歉。因為……學長你知道嗎？我從剛剛就期待得不得了呢。】

「咦……期待？期待什麼……？」

【UI＞當然……就是期待坐在特等席，看鴉鴉找那個Wolfram Cerberus報仇雪恨囉。】

「……什、什麼？」

【UI＞時間也差不多了，我們就馬上過去吧。】

接著，她就在什麼話也說不出來的春雪面前撐開紅傘。春雪也半自動地從板凳上提起自己的書包，拿出一把折疊傘。撐開傘的輕響才剛傳出來，雨勢就彷彿收到信號似的大大增強。

「呃，這個……Cerberus的事，是黑雪公主學姊跟妳說的……？」

為了不被雨聲蓋過，春雪微微加大音量這麼一問，謠就理所當然地點點頭回答：

【ＵＩ＞是的。幸幸說，要我代替她和楓姊好好見證鴉鴉的對戰。】

「是、是這樣啊……」

——這下子，今天無論如何都得好好打，不然明天的特訓份量就會增加到兩倍……不，是三倍。

儘管內心因此戰慄不安，至今仍未消失的遲疑卻仍然讓春雪腳步沉重。謠從傘緣下抬頭看著遲遲不邁出腳步的他，右手手指跳動打字：

【ＵＩ＞有田學長，我是這麼想的……昨天鴉鴉會遇到Wolfram Cerberus，是冥冥中自有安排。】

「安排……？」

【ＵＩ＞是。「理論鏡面」對於光屬性攻擊有著絕對的抗性，「物理無效」則可以完全彈開物理屬性攻擊。這兩種能力處在兩個極端，但也因此非常接近……至少我是這麼覺得。那麼，跟Cerberus對戰，肯定是鴉鴉到達「鏡子」境界不可或缺的過程。】

「是……這樣……嗎？」

就在春雪喃喃說出這句話的時候，原以為吃飽了正午睡的小咕，卻在小木屋內大動作拍響翅膀，還「咕咿！」地叫了一聲。謠立刻打字說：

【ＵＩ＞你看，小咕也叫你加油。】

這讓春雪只能苦笑。他先看看小木屋內的角鴞，再看看紅傘下的謠，點點頭說：

「……嗯。要是現在不去，總覺得會變成是拿『理論鏡面』當藉口，逃避跟他再戰。而且學姊也說，所有努力都會匯集在同一點。」

【ＵＩ＞就是這樣！】

謠用力敲下虛擬的Enter鍵，以同一隻手用力握了握春雪左手腕，這才轉身用穿著長靴的腳跑向雨中。

從後院抵達前庭，接著走出校門左轉走一小段路，就能來到寬廣的青梅大道。

昨天春雪是從比這裡偏南許多的方南大道進入中野區，但現在春雪他們所在的杉並第二戰區卻與中野第二戰區相鄰。而且相鄰的界線往南北向延伸得很長，所以只要往東走，怎麼走都到得了。

春雪與謠並肩沿青梅大道往東走，同時打開虛擬桌面上的導航地圖。他調整地圖比例尺，按出昨天跟Cerberus對打時所在的中野車站周邊地圖，之後半自言自語地說：

「繼續在這條路上走個一點五公里，也可以到中2區……可是既然要去中野車站，從高圓寺搭電車應該比較好吧？不過這樣就跟四埜宮學妹的家反方向了……」

背後傳來一個平穩的聲音說：

「與其搭電車，還不如搭青梅大道往都心方向的公車來得快吧。而且，再三分鐘正好有一班開往中野車站的公車會到站。」

「啊，對喔，這條路上當然也有公車了。平常沒在用，我都忘了有這回事……」

春雪看著地圖搔搔頭，這次則傳來一個拿他沒輒的聲音。

「我說你喔，每天放學回家路上明明都會看到那麼多輛公車耶。小春你從以前就是這樣，對沒興趣的東西都視若無睹。」

「才、才沒有。班上同學的長相，我就記住了八成左右………………等等。」

這時春雪才注意到自己正在跟別人直接對話，驚訝得跳了起來。他以右手握住的雨傘為軸心，旋轉一百八十度，交互看了看兩張再熟悉不過的臉孔。

「咦……阿、阿拓小百？你們為什麼在這裡！」

「小春我說你喔，我是不會不准把我們兩個連在一起叫啦，可是至少該女士優先吧？」

「那、那小百阿拓……可是這樣叫，聽起來又好像在吉野家點餐。（註：諧音冷笑話，原文為チユタク和ツユタク）」

春雪說完，不由得想像起湯汁加量的牛丼，趕緊搖搖頭告訴自己不是在說這個。

「我、我是要問，你們怎麼會在這裡？」

他這麼一問，把竹刀袋靠在左肩上、右手還撐著藍色雨傘的修長男生——黛拓武，理所當然地回答：

「雨下這麼大，我跟小千的社團都提早結束了活動。所以我們才在校門口等，想去幫你加油啊。」

接著，身旁斜背著一個大型運動提袋的短髮女生——倉嶋千百合滿臉甜笑地開口：

「我跟小拓等的時候就在打賭，小春滿腦子都只想著對戰，究竟會不會注意到我們呢？結果是徹底沒看到！看，我就說你都視若無睹吧！」

「嗚……順、順便問一下，誰贏了？」

「那還用說？當然是我跟小拓贏，小春輸！今天回家路上，你要請我們各一杯珍珠豆漿香蕉歐蕾！」

「等……哪、哪有這樣擅自決定的啦……」

千百合對愣住的春雪投以火力稍微調低的視線光束。

「兩個超級好朋友下這麼大雨還願意幫你加油，你卻完全沒看到，請這點東西也只是剛好而已吧！」

春雪一時啞口無言。旁邊始終笑嘻嘻聽著他們談話的謠也補上最後一刀：

【UI＞我當然早就注意到他們兩位了。】

「……對、對不起……」

春雪搓著雙手食指道歉，拓武則一如往常地抓準時機，對他伸出援手：

「你們看，公車來了。」

「喔，真的耶！快跑快跑！」

春雪立刻跑向前方的公車站牌，背後的千百合則大喊：「你別想跑！」

四人魚貫搭上EV公車，所幸最後排的座位都是空的。春雪、謠、千百合、拓武從右到左依序坐好，不約而同地鬆了一口氣。比起待在不舒服指數全滿的六月雨中，空調夠強的車內簡直就是天堂。

「這麼說來，我今天要去中野這件事，小百你們也是聽學姊她們說的嗎？」

春雪隔著走道朝坐在謠對面的千百合這麼一問，這位兒時玩伴便輕輕搖了搖頭：

「沒有，我是聽小拓說的。至於小拓他呢……」

「應該算是……從知識和經驗做出推測吧。以昨天小春的沮喪度來看，我想大概今天之內就會振作起來，跑去打雪恥戰。」

另一個兒時玩伴用手指頭把眼鏡往上一推，說出這樣的話來。

【UI＞三位的默契真不是蓋的。】

謠以佩服的表情打出這行字，千百合卻當場丟出「只是小春太好懂而已啦！」這種不留情面的評語。

聊著聊著，公車很快就開過了高圓寺陸橋路口——春雪每兩天就會跟Ash Roller交手對戰的地點——接近杉並與中野的界線，離進入新區域只差兩個紅綠燈。千百合表情轉為嚴肅，小聲對春雪問說：

「要怎麼辦？在中野車站附近找能坐的地方，還是說……」

「反正外面下雨，直接在公車上就好了。一進入中野我就馬上開始。」

聽春雪這麼說，三人同時點了點頭。接著四人一起把身體靠在座位的椅背上，做好加速的準備。公車在下著雨的青梅大道上行駛得十分順暢。當通過第一個綠燈、接近第二個綠燈時，春雪深深吸一口氣。

都來到這裡了，再掙扎也沒有意義。能做的事都去做，這樣就對了。

公車越過了以ＡＲ方式顯示在視野中的紅色界線。

等了一秒鐘後，春雪在最小的音量中灌注所有的鬥志，喊出了指令：

「——超頻連線！」

14

BRAIN BURST程式隨機生成的對戰空間種類，與現實世界當中的時刻、季節以及天候全都無關。

因此春雪化為對戰虛擬角色「Silver Crow」進入加速世界，看見遊戲中的青梅大道也同樣下著大雨，不由得微微一驚。

公車當然已經消失，所以他從座位的高度落到地面，濺起了水花。朝空中一瞥，放眼望去都是深灰色的雲，這點和「轟雷」空間相同，但翻騰捲動的雲層卻從西往東高速流過，還不停落下水滴。這是——「暴風雨」場地。

這個場地的特徵，在於降雨強度會週期性改變，不時還會突然吹來勁風，風勢更會以極低機率造成地形物件自然毀壞。一些比較細長的大樓，甚至可能攔腰折斷，所以對四周的建築物也得留心。

春雪花了兩次呼吸的時間認出場地屬性，溫習所有特徵，接著目光開始凝視視野右上方的敵方計量表。上面所寫的名字當然是「Wolfram Cerberus」。他在公車上加速，在依照等級順序由低至高排列的對戰名單最上方一看到這個名字，便毫不猶豫地按下了對戰。

令他有點意外之處，就是Cerberus到今天還是只有1級。光是昨天春雪知道的部分，他就已經打贏4級的Tourmaline Shell、5級的Frost Horn，以及同樣5級的Silver Crow。考慮到等級差距帶來的點數分配加成，這人應該已經得到了相當大量的點數。想來應該不會像以前的春雪那樣，理應能在預留充足點數的情況下升到2級——

「……不過，現在這些都不重要。」

春雪最後望向導向游標。三角形果然指向東北方的中野車站那一帶。從周圍都沒有觀眾這點，看得出兩人之間的距離相當遠。與春雪搭乘同一輛公車的拓武等三人，在自動觀戰啟動而連進場地的瞬間，應該就會和其他觀眾一起被傳送到位於Crow與Cerberus中間點的位置。

春雪搖頭甩開附著在護目鏡上的水滴，再次出聲說話：

「好……上吧！」

他開始在大雨之中跑向中野車站。Silver Crow轉眼間就達到極速，在身後高高濺起霧狀的水花。

春雪昨天試圖利用地形突襲，反而被對方先發制人，所以這次他打算不玩花樣，正面與敵人接觸。但看見道路中央有個輪廓毅然背對中野車站時，他仍然不由自主地覺得有些退縮。

這一場是春雪主動挑戰，所以應該積極往對手所在的方向移動才合乎禮儀。但看到對方這麼光明正大地站出來迎接，讓春雪覺得彷彿對方才是老手，自己只是新人。

——不，我就是該用這樣的態度去面對。畢竟我昨天被他打得一敗塗地，今天我才是挑戰的一方。

春雪這麼說服自己，放慢奔跑的速度，在中野大道中央離Cerberus前方十五公尺左右的地方停步。跟昨天不同的是，這裡是車站南邊，幾乎沒有高層建築物。在道路兩旁大樓屋頂觀看的約三十名觀眾，與打鬥處的距離也比昨天近得多了。

春雪以眼角餘光確認到觀眾當中有著高大的Cyan Pile、嬌小的Lime Bell，以及更加嬌小的Ardor Maiden，同時丹田發力，對傾盆大雨下站在另一頭的對手說話：

「雖然這麼快找上門很不好意思……不過就讓我一雪前恥吧。我不喜歡一直當輸家。」

聽到這句以春雪來說已經算是充滿挑釁味道的台詞，觀眾發出小小的起鬨聲。當這陣聲浪過去，換Cerberus以同樣清澈的嗓音回答：

「哪裡，我很高興。因為很少人跟我打過以後，還肯這麼快就再來找我打。」

從某個角度來看，這句話也帶有十足挑釁意味。觀眾再度交頭接耳，戰場溫度微微上升。

「那我就先宣告一下，要是今天我也輸，明天我會再來報仇——只是我想應該用不著。」

春雪這麼一回話，Cerberus就嘻嘻一笑——至少他是這麼覺得。

「……Crow兄，你果然很棒。就跟大家說的一樣……不，還要更好。跟你打幾場我都不嫌多。」

「這是在宣告，不管我來幾次都只是羊入虎口？」

「不……是說我也一樣，如果我打輸，很快會來找你再打過。只是我想應該用不著。」

他的對答表現冷靜而有禮，但春雪強烈意識到，彼此的你來我往每次都讓氣氛更加劍拔弩張。除了雨點拍打的震動之外，同時另有一種火花迸射似的感覺蔓延到全身。

Cerberus似乎也有著同樣的感覺。他低頭朝自己披著灰色金屬裝甲的身體瞥了一眼，再度抬頭說：

「那麼，我們也差不多該開始了吧。」

接著他舉起雙手，往左右攤開雙肘大喊：

「請多多指教！」

這聲招呼堂堂正正。春雪昨天回答得吞吞吐吐，今天則是不認輸地大聲喊道：

「彼此彼此！那麼……接招吧！」

他放低姿勢，右腳踏在濕柏油路上，腳底突起才剛牢牢咬住地面便猛然往前衝去。

Cerberus也在同樣的時機直線衝來。銀灰兩色金屬裝甲所到之處，雨點盡數炸開，化為微小的水花。兩名金屬角色拖出白色的軌跡，瞬間縮短了十五公尺的距離。

「喝！」

Cerberus揮出一記用上全身動能的右鉤拳。

「哈！」

春雪也以完全一樣的套路出拳。

現階段雙方的必殺技計量表都是全空，因此Cerberus不能動用「物理無效」能力，春雪也使不出需要用到翅膀推力的「空中連續攻擊」。

雙方的拳頭彈開雨點，朝彼此的頭盔逼近，但Cerberus完全沒有要躲的跡象。他多半是認為，即使特殊能力尚未發動，裝甲強度仍然有著很大的差距，所以互中一拳也不要緊。

他的判斷是對的。要是雙方的拳擊都打個正著，春雪所受損傷應該會比他多出將近一倍，然而春雪的意圖卻不在此。

他在鉤拳軌道上的右拳猛然一張，用手掌與五指儘可能匯集雨點，接著手腕一甩，將水潑在Cerberus臉上。

水花潑灑在深灰色的護目鏡。Cerberus反射性地撇開臉，導致拳擊軌道微微偏離。

「……！」

春雪咬緊牙關，拚命往左歪頭。超硬鐵拳掠過面罩左側，擦出白色的火花。體力計量表減少了幾個像素的長度，但春雪不予理會，利用身體往左旋轉的動能，使出一記右腳下段踢。

鏗一聲沉悶的金屬聲響響起，Cerberus左膝關節迸出受創的特效光芒。體力計量表減少了百分之五左右。這下實實在在地先擊中了對手。

——今天換我先打中了！

春雪內心這麼吶喊，但他並未拉開距離，而是改以左掌朝著上身歪斜的Cerberus再使出一記水攻擊。先奪敵視野，再接上一記左腳中段踢。這一腳紮實地踢中裝甲薄弱的側腹部，讓計量表再扣了百分之七左右。

這時Cerberus蹲低身體，以昨天也用過的雙腳發力方式，一個大跳躍往後避開。他沒有勉強反擊，決定先擺脫對手的貼身搶攻，對戰感覺確實敏銳。

春雪也可以選擇往前衝刺以拉近距離，但只靠障眼法搭配一般打擊，怎麼說都不可能一口氣扣光對手剩下將近九成的計量表。而且對方有著「物理無效」能力，連脆弱的部分都可以轉變為絕對無敵的裝甲，得等對方出了這招以後，這場對戰才真正開始。

因此春雪並未窮追Cerberus，而是自己也往後退開。兩人再度拉開十公尺左右的間隔，旁邊大樓屋頂上掀起交頭接耳的聲浪。

Cerberus也不在意觀眾說些什麼，從著地姿勢緩緩起身。視線始終放在春雪身上的他開口說道：

「……真沒想到，這雨竟然還可以這麼用。」

「要不撞開雨點而將水累積在手掌上，還挺難的呢。」

春雪這麼一回答，Cerberus便張開右手，手掌在空中一掃。但這一掌只掃得雨點飛散，而不像Crow那樣能擲出一整團水。其實這一招當中，就應用了黑雪公主傳授春雪的某種法門。

「原來如此……看樣子沒這麼簡單模仿。」

「有那麼簡單我就傷腦筋了，我也是練了好久才練出這一招的。」

聽到春雪這麼說，Cerberus放下原本舉在空中的右手，用力握緊拳頭。春雪本以為終於讓他有點沮喪，沒想到……

「……我好高興。這個世界還有好多好多要學、要練的事情啊！」

聽他喊得這麼爽朗，春雪再也無話可答。

這Wolfram Cerberus或許是春雪交手過的超頻連線者之中最硬的一個，同時也是最陽光的一個。他那堅硬的裝甲底下，似乎不存在一丁點負面情緒。

——很遺憾，不可能會有這種事。

強大的力量，來自與力量成正比的深沉創傷。就如昨天Mangan Blade所說，這是加速世界的大原則。Cerberus的強悍，正是他「內心創傷」的體現，即使他本人並未自覺到創傷的存在也一樣。

一想到這裡，「心傷殼理論」這個字眼就讓春雪腦中微微刺痛，但他立刻搖搖頭甩開這個念頭。現在他除了對戰以外，什麼事都不該想。唯一要做的就是竭盡全力、對抗強敵，因為這就是他站在這裡的唯一目的。

Cerberus似乎也與春雪的思緒產生了共鳴，散發出來的氣息微微一變。

他左手跟著握緊，挺直腰桿，帶得全身裝甲鏗鏘一響。狀似狼頭的頭盔發出多了幾分嚴肅的聲音：

「那麼……雖然早了點，不過請容我出招！」

他左右雙拳緩緩舉到身前相對，是發動特殊能力的架式。

「好。來吧，Cerberus！」

春雪也大喊一聲，同樣將握緊的雙拳舉到胸前交叉。

Cerberus雙拳用力互擊，撞出的火花訊號讓面罩上下護目鏡相互咬合。當視鏡部分幾乎完全遮住後，之前臉孔的部分看上去變得像獠牙。現象本身並不搶眼，但背後隱含的系統定義變化卻非比尋常。他現在已經處於「物理無效」能力的保護之下，拳打腳踢是不用說，多半連刀劍或槌子之類的近戰兵器攻擊都能完全彈開。春雪昨天並未留心，但仔細觀察Cerberus的必殺技計量表，就能發現長度正緩慢減少，可見這種破格防禦能力並非來自「心念系統」。

就在Wolfram Cerberus發動能力的同時，Silver Crow也將交叉的雙手迅速往側面一收。折疊在背上的金屬翼片發出清脆的聲響後張開。這是「飛行」能力的準備動作，不過必殺技計量表尚未開始減少，得等到實際飛行時才會消耗。但由於飛行的消耗速度比起Cerberus的「物理無效」稍快一些，如果雙方都完全發揮能力對打，實際上的消耗速度應該幾乎相等。

從一八〇〇開始的倒數還剩一〇〇〇以上，但數十名觀眾都認為現在就是對戰的最高潮，登時變得鴉雀無聲。如果他們視線中的熱量會出系統運算出來，相信即使豪雨下個不停，也會有一小塊地方蒸發到乾。

春雪緊盯著Cerberus不放，但他仍然從匯集在自己身上的視線當中，強烈感受到了三位同伴的心意。不，不在場那兩人給他的鼓勵，也實實在在地送進了心裡。

——阿拓、小百、四埜宮學妹……還有楓子師父和黑雪公主學姊，請你們看著。我現在就要……拿出我的渾身解數！

「————————喔喔喔！」

春雪短吼一聲，有了動作。

他右腳跨步，加上翅膀的推力前衝，比之前的衝刺明顯快了將近一倍。他只用風壓就吹開空中的雨點，不到一眨眼的時間就衝過十公尺，順勢往前撞。然而這是假動作，他在Cerberus身前往右滑開，試圖迂迴到對手背後。

然而，面對這種應用了「空中連續攻擊」技巧的動作，天才新人也即時做出了反應。昨天剛開始對戰時，他有好一會兒都跟不上春雪的三次元機動，今天卻以左腳為軸快速旋轉，將對手維持在自己正面，而且還利用離心力使出右腳中段踢。

然而這樣的情勢演變，早在春雪意料之中。

他腦中迴響起黑雪公主在午休時間斯巴達式特訓中說過的話。

『只要是昨天對戰時讓Cerberus看過的招式，你都不要以為今天還會管用！』

『不過，這並不代表招式永遠廢了！所有招式都可以靠著巧思與應用做出無限的變化……不，是進化！』

——是，學姊！

春雪在腦海中這麼呼喊，以左手裝甲格擋Cerberus勢挾勁風的右腳。金屬與金屬相碰的瞬間撞出慘白火花，前臂受到尖銳的擠壓。

要是就這樣單純格擋到底，考慮到原本的硬度、重量差距，以及「物理無效」，多半會只有Silver Crow的裝甲遭到粉碎，因而受到重大傷害。

但春雪儘管以左手接住這一腳中段踢，卻沒強行彈開，反而試圖讓自己與Cerberus的迴旋動作同步，藉此緩和威力。五體與雙翼的動作需要穿針引線般的精準度，但春雪卯足精神逐一完成每個動作。

這一下幾乎讓手腕裝甲裂開的「格擋」，實際上只花了零點五秒左右，但春雪卻覺得漫長得有如永恆。儘管他腦細胞幾乎都要燒光，依然撐過了這走鋼索般驚險的過程，成功地從這一記必殺的中段踢之中吸收了足夠的威力，轉移到下一階段。

「喝……………！」

春雪急促地吐一口氣，在碰著Cerberus右腳的左手上增加一道新的螺旋向量。瞄準春雪軀幹踢出的這一腳，軸心受到旋勁干涉，往外愈偏愈開。只要順勢向外推，春雪應該就能在不受損傷的狀況下撥開Cerberus這一腳。

這就是他在昨天對戰中沒有心思去用……不，老實說根本忘了的一招，也就是黑雪公主直傳的「以柔克剛」。春雪之前用手掌輕輕接住下個不停的雨水而後擲出的那一招，也是應用了以柔克剛的技法。而在今天午休時間，黑雪公主在連續五場的對戰當中，就把這一招的法門灌輸給了春雪。此時少年腦中再度迴響起她苛烈的聲音：

『春雪，你的「以柔克剛」第一階段算是及格了。不過呢，每一種技巧當然都還有「更高的境界」！』

『如果只能不受損傷地格檔，還不如從一開始就閃避，風險反而低得多。「以柔克剛」的精髓不在於防禦。要能轉守為攻，這個技巧才能變成有用的招式！』

──是，學姊！

春雪在胸中應答，更加專注出招。鈴一聲不可思議的聲音響起，超加速感覺來臨，世界的色彩有了微妙的改變。如今春雪的眼裡，連下個不停的豪雨都彷彿靜止在空中。

春雪暗自對自己的以柔克剛取了個「四兩撥千斤（Guard Reversal）」的名稱，但仔細一想，這樣的命名實在太自大了。因為過去春雪的本事，只能帶偏對手的攻擊動作，根本沒辦法還招。如果無法將威力送回（Reversal）去，實在沒有資格誇下海口。

Wolfram Cerberus的軸心，已經從自身被帶到右腳中段踢與春雪左手的接觸點上，整個人失去平衡而往外側偏開。但如果只是這樣，對方頂多只會被甩到道路的對象車道上，想必不會倒地而會站穩腳步，立刻展開下一次攻擊。這樣一來就會如黑雪公主所說，失去冒風險動用以柔克剛之技防禦的意義。

「嗚喔……！」

春雪短喝一聲，毅然做出右翼上升、左翼下降的反常動作。

這麼一來，整個人當然會往左傾斜。不，還不只傾斜這麼簡單。一股幾乎將他當場掀倒的強烈扭力，擠壓整個虛擬角色的身體。

春雪將這股動能，全都送向Cerberus與他左手相碰的右腳上。

「……！」

閉上護目鏡的狼形頭盔下流露出驚愕的氣息。看見Silver Crow的身體突然像螺旋槳似的旋轉，自己的腳還被捲了進去，也難怪他會震驚。但整個動作並未就此結束。

「喝……啊！」

春雪往左翻轉一圈後重新站定，雙手犀利地往上一揚。將整股旋勁釋放出來，Cerberus被這股融合了自己踢腿與春雪旋轉力道的能量一帶，整個人猛然飛了出去。

他重重落在將近十公尺遠的路面上，濺出劇烈的水花多次彈跳。就這麼滾了好幾圈，重重撞上道路護欄才停住。

一瞬間的寂靜過後。

「喔……喔喔喔喔——————！」

數十名觀眾齊聲驚呼。群眾的驚訝，並非來自春雪這記漂亮的「四兩撥千斤」，而是因為看到Wolfram Cerberus的體力計量表減少了將近兩成。

「為……為什麼會扣？那小子現在不是開了『物理無效』嗎！」

「不、不要問我好不好！是因為道路上積水……不可能吧。」

「那還用說，就算是金屬色也不會有什麼泡水傷害這種事啦！」

原先你一言我一語地嚷個不停的觀眾們，忽然間安靜了下來。因為Cerberus以敏捷的動作起身，重新擺出攻擊態勢。

「——還早呢！」

他以同樣爽朗的嗓音喊完，撕開豪雨衝了過來，在春雪身前五公尺左右的距離蹲低後跳了起來。他似乎認為，當初那一腳會被旋勁撥回，原因在於中段踢本身是曲線動作，所以這次改以全身沒有一處在旋轉的跳踢來進攻。

他的判斷力與思路轉換之快令人佩服，這一記飛彈似的跳踢也充滿了魄力，多半可以貫穿兩三棟「暴風雨」屬性下龜裂的建築物。

然而——

「……天真！」

春雪大喊一聲，這次以右掌接住Cerberus的踢腿後，立刻振動翅膀，以身體中心為軸橫向旋轉。他將敵人全身捲入這一轉發出的猛烈旋勁，帶得對方再度重重地仰天摔在地上。

由於墜弱角度比第一次更為尖銳，Cerberus矮小的身體發出了咚的碰撞聲，在柏油路上撞出裂痕。體力計量表這次也扣了兩成左右，累計損傷終於超過五成，讓計量表變成黃色。

「好……好厲害，他把Cerberus逼到變成黃色了……」

「Crow真的會報仇成功嗎？」

「可是……為什麼傷害會有效？道路不也是物理屬性嗎？」

一個平靜卻充滿威嚴的女性嗓音，貫穿了觀眾的喧嘩。

「……原來如此，是『打擊技』跟『摔技』的差別？」

春雪朝右前方的大樓一瞥，看見一名豪雨中仍然全身深藍的女武士型虛擬角色。頭盔上的角是單馬尾，所以是Mangan Blade。而且今天她身旁還站著雙馬尾的女武士Cobalt Blade。

……小錳姊果然不簡單。

春雪在內心這麼自言自語，同時與倒地不起的Cerberus拉開距離。

剛才其中一名觀眾說得沒錯，道路或建築物就只是堅硬的物件，利用這些物件來攻擊，就會視為物理屬性，想來應該對「物理無效」狀態的Cerberus不管用。即使讓他撞到建築物，或是把建築物打成水泥塊再抓起來打他，應該依舊無法對Cerberus造成任何損傷。

不過，換做是道路就不太一樣了。

首先，BRAIN BURST的對戰空間中，包括道路在內的地面，基本上都無法破壞。換個角度來看，這正表示地面也和Cerberus同樣處於「物理攻擊無效」狀態。

另外還有一點。從上個世紀以來，幾乎所有對戰格鬥遊戲之中，打擊與摔就屬於不同種類的攻擊。春雪收藏的老式２Ｄ格鬥遊戲也是一樣，即使發動了全攻擊抗性(Super Armor)也擋不了摔技，幾乎每一款作品都不例外。

當然春雪也沒有絕對的把握。但他在與黑雪公主特訓時，注意到即使打擊無效摔往地面依然有可能造成損傷，於是主動提出要重新訓練「以柔克剛」。即使一朝一夕之間，練不到黑雪公主那種一隻手就能自由翻轉對手攻擊動作的境界，但只要把動用翅膀的「空中連續攻擊」技術，融合到「以柔克剛」的技法當中，也許就勉強能夠將對手的攻擊撥回去，也就是練出真正的「四兩撥千斤」。

春雪不知道被黑之王Black Lotus的劍刃劈開裝甲多少次，才練到這個地步。面對過那號稱「絕對切斷(World End)」的可怕劍刃之後，連Cerberus那有著超硬度的拳打腳踢，都覺得有點圓滑柔軟了。

以柔克剛的真諦，就在於別想硬碰硬地擋回去，而是要接納、融合。如果心因為敵意而僵硬，絕對不會成功。

……換成昨天的我，即使想起以柔克剛，應該也用不成功吧。

春雪想著這樣的念頭，默默看著眼前慢慢爬起的Wolfram Cerberus。雨水沿著鎢質裝甲削切紋路流下的模樣，讓人感受不到堅硬，反而顯得有幾分柔美。稜角尖銳的頭盔，以及有著尖銳突起的雙肩，昨天看在眼裡只覺得是可怕的武器，現在卻覺得這些都是體現出他的內在。

說不定…………

說不定，前天的另一次失敗也是……都是因為我硬想彈回去……？說不定最根本的道理都一樣？要接納、融合。這不只是以柔克剛的真諦……而是更根本的……

春雪腦裡閃過這樣的念頭。

卻被Cerberus起身後的低沉喊聲打斷：

「還早……還早呢！」

年輕的狼終於拋開了恭敬。他蹲低身體，喀啦一聲削開柏油路的踏步，隨即做出毫無變化的正面衝鋒。

他多半是想用最強的武器——昨天擊碎春雪頭盔的頭錘賭一把。那一招的威力確實驚人，要是挨個正著，計量表的差距多半會當場逆轉。然而……

『……要是對手使出單發的大招，就要勇敢迎上去！因為這就表示對方怕了！』

——是！

「喔喔喔！」

春雪也大喊一聲，以衝刺迎向Cerberus。只不過，他當然沒打算用頭錘去跟對方的頭錘硬碰硬。兩人即將接觸之際，他以翅膀提供向後吸力，身體往後放低到幾乎觸地，鑽往Cerberus下盤。接著右手抱住對方的頸子，往後方垂直翻轉。

咚！

開打以來最大的一聲碰撞撼動了整個空間。大範圍內的雨點頓時化為水氣，讓視野一瞬間變得一片白茫茫。

蒸汽散去後，春雪與觀眾看見——Wolfram Cerberus後腦與雙肩有一半以上埋進理應無法破壞的地面，整個人仰躺倒地。春雪以柔道中仰臥倒蹬腹摔的要領，將對方往正下方摔去，讓這一記頭錘的所有動能全撞在道路上。

Cerberus的體力計量表只剩一成，染成了深紅色。

伸向空中的灰色四肢噹噹落地。春雪也翻身轉為單膝跪地的姿勢。

這時，大雨中傳出一個低沉的嗓音。

「………我服了……真的，被你報仇成功了。可是……我很高興。這個世界裡，一定還有很多像你這麼厲害的人吧……」

春雪並未立刻回答這句話。他從極近距離，注視倒地不起的Cerberus面罩。

上下護目鏡仍然咬合在一起，但近看就發現並非完全緊貼，有著一公分左右的縫隙。仔細想想，如果沒有縫隙，也許就看不到外面了。但縫隙內卻是一片漆黑，找不到鏡頭眼的光。

「……可是，我也不會一直當輸家。我會努力變強，下次換我來破解你的招式。」

Cerberus儘管處於這樣的狀況，話中仍然不帶半點惡意。他的態度始終爽朗、清新，充滿了少年的坦率。

可是——

「對戰」真的是這樣嗎？

擁有絕對自信的招式被人破解，在許多觀眾眼前被打得毫無還手之力，計量表的差距比昨天更大。畢竟春雪就只有在一開始頭盔側面被微微削過時，受到了幾個像素長的損傷。

即使如此，Cerberus依然如此爽快地認輸。這與其說老實，不如說有些……

「…………這是你的真心話嗎？」

春雪不禁拋出這麼一個問題。

風雨變得更加劇烈，雨點斜向灑下，毫不留情地敲打兩名金屬色角色。這樣一來，觀眾就聽不見兩人談話了。

然而，半個身體泡在路面積水裡的Cerberus卻不置可否。他默默任由豪雨打在身上，彷彿成了一尊金屬的雕像。

忽然間——

Cerberus的頭盔在春雪眼前發出鏘一聲輕響，原本還剩一公分縫隙的護目鏡完全咬合在一起。之後只剩下一道比絲線還細的鋸齒狀細線，這下子應該完全看不到頭盔外的情形了。

春雪猜不出這個動作的意圖，皺起了眉頭。

緊接著發生的現象，更讓他難以理解。

Cerberus左肩裝甲也發出了鏗的一聲金屬聲。仔細一看，原以為只是紋路的鋸齒狀線條，卻擴大到足足有一公分左右。

總覺得，就好像……臉跟肩膀互換了。

就在春雪出現這種感想的那一瞬間。

肩部裝甲上開出的縫隙，發出渾濁的紅光。

就在春雪茫然的注視之下，肩膀的鋸齒狀縫隙「說話」了。

「…………總算輪到我出場啦…………」

（待續）

後記

大家好，我是川原礫，在此為各位讀者送上《加速世界11 絕硬之狼》。

其實，包括我的另一個系列在內，這一集就是我的第二十本書。而二十這個數字，正是我一開始設下的目標。

從二〇〇九年二月出道以來，承蒙大家的支持，讓我能夠隔月出書，所以走到這一步，算來花了三年又兩個月。現在回想起來，就覺得這些日子好像很漫長，又覺得好像一轉眼就過去了。所幸過程中並未發生重大的問題或陷入嚴重的低潮，順利達到了我設下的目標集數……但為什麼會把目標設在二十本呢？其實是因為當初覺得「能寫這麼多集的話，加速世界（還有另一個系列）應該都看得到結尾了吧」（笑）。

但結果就如各位所見，別說結尾了，我連故事到底進展到幾成都不清楚……儘管覺得春雪這個主角已經成長了很多，但他和女主角黑雪公主的感情絲毫沒有進展，軍團也還只有六個人，領土更是一直沒從杉並區拓展出去，這實在有點出乎我的意料。其實我也覺得這樣實在不妙，原本打算在這一集要把故事往結局大大推進，但是不管怎麼寫，就是沒有這種跡象，到頭來還是搞得要寫上「待續」字樣！這個情形大概連各位讀者都會看到傻眼，若大家肯讓我講一點小小的藉口，那就是所謂的「故事」一旦延續到這樣的份量，就會變得無法控制，或者該說作者也只能被帶往故事自己想走的方向。當然，這是以我的情形而言。

但換個角度來看，能夠累積這麼多集，不管對作者還是故事而言，都是非常幸福的，所以即使達到目標集數，我也不會就此鬆懈，今後也會為各位讀者送上竭盡所能寫出來的故事。

很抱歉最後才提到，但能夠達到二十本這個數字，當然都是靠了各位讀者的支持與愛護。謹借這個機會再次向各位鄭重道謝，同時也敬請各位讀者繼續給予支持與愛護，讓我能夠朝下一個二十本邁進。

換個話題，在二〇一一年十一月舉辦的「加速世界對戰虛擬角色設計賽」第一次徵稿，收到了許多應徵稿件，真的非常謝謝各位。看見超過四百五十種迷人的虛擬角色，讓我也發出了高興的尖叫；經過深思熟慮後，我要在這裡發表原作小說將採用的三個虛擬角色。

首先是裡表山貓的「Peach Parasol」，對戰虛擬角色整體造型上的統一感，以及陽傘型強化外裝（上面寫說名稱叫做「蹦跳射擊（Hopping Shoot）」）的創意，立刻抓住了我的心，像現在我就會有「這人大概是參加紅色軍團吧！」之類的妄想。

接著是幾彌なごみ的「Chocolat Puppeter」，那看起來就好好吃的裝甲質感當場把我KO了

（笑）。雖然參加哪個軍團還得好好考慮，但等到實際登場時，真希望這個角色可以好好讓大家舔……不，是希望可以好好活躍一番！

最後是Alt的「Tungsten Wolfram」，如果要頒獎的話，應該要頒發「奇蹟獎」吧？至於為什麼說是奇蹟，原因就在於開始徵稿的時候，這本第11集我已經寫了相當多。但稿子上的角色構想，卻和本集登場的虛擬角色「Wolfram Cerberus」有相當大一部分相通！這可真的讓我嚇了一跳（笑）。雖然實際上的造型與能力有點不一樣，但從12集以後，我打算也採用一部分Alt的構想，希望能把春雪的新對手Cerberus描寫得更加帥氣。

至於虛擬角色設計賽，在我寫這篇後記的二〇一二年二月，已經開始第二次徵稿，同時也收到了許多稿件。照計畫將會在原作中再追加採用幾個虛擬角色，敬請大家期待！

我想等到這本第11集上市時，電視版動畫「加速世界」的第一話也已經播出了。這是各位工作人員與聲優拚命超頻加速才做出來的作品，還請各位讀者今後對動畫版、遊戲版的加速世界，也能夠給予支持與愛護。

這次也要感謝插畫家HIMA老師熱血地畫出新登場的Cerberus，以及本集中扮演重要角色的謠。也謝謝責任編輯三木先生，排山倒海而來的相關任務讓我好擔心你們到底什麼時候有得睡。我也會努力的！

二〇一二年二月某日　川原 礫

特別插畫（第71頁SD虛擬角色）／来栖達也

Kadokawa Light Novels——

©Tatsuya HAMAZAKI 2008

.hack//G.U. 1~4（完）

Kadokawa Fantastic Novels

作者：浜崎達也　插畫：森田柚花

追尋最終的敵人歐凡，
長谷雄的冒險劃下句點！

在網路遊戲「THE WORLD」中，陸續發生了玩家昏迷的異常現象，其原因是寄生於碑文使歐凡左手臂上的病毒AIDA。而過去曾一同並肩作戰的歐凡，正是奪走長谷雄最愛的女孩「志乃」的元兇。歐凡真正的意圖究竟為何!?長谷雄的故事終於邁向完結！

各 **NT$180~240/HK$50~68**

台湾角川

國家圖書館出版品預行編目資料

加速世界. 11, 絕硬之狼 / 川原礫作 ; 邱鍾仁譯. --
初版. -- 臺北市 : 臺灣國際角川, 2012.11
面 ;　公分. -- (Kadokawa fantastic novels)

譯自 : アクセル.ワールド. 11, 超硬の狼

ISBN 978 986 325 023 4(平裝)

861.57　　101020011

Kadokawa
Fantastic
Novels

加速世界 11
絕硬之狼

（原著名：アクセル・ワールド11 ―超硬の狼―）

2012年11月16日 初版第1刷發行
2021年1月11日 初版第7刷發行

作者：川原 礫
插畫：HIMA
日版設計：BEE-PEE
譯者：邱鍾仁

發行人：岩崎剛人
總編輯：蔡佩芬
主編：朱哲成
美術設計：吳佳昫
印務：李明修（主任）、張加恩（主任）、張凱棋
發行所：台灣角川股份有限公司
地址：105台北市光復北路11巷44號5樓
電話：（02）2747-2433
傳真：（02）2747-2558
網址：http://www.kadokawa.com.tw
劃撥帳戶：台灣角川股份有限公司
劃撥帳號：19487412
法律顧問：有澤法律事務所
製版：尚騰印刷事業有限公司
ISBN：978-986-325-023-4